JOAK

テディーズ・アワー

戦時下海外放送の真実

テッド・Y・フルモト

Ted. Y.Furumoto

文芸社文庫

本書を、太平洋戦争下のＮＨＫで北米向け短波ラジオ放送に従事した人々と、
捕虜収容所で戦い抜いたすべての北米日系移民、そして最愛の両親に捧げます。

主な登場人物

テディ古本（古本忠義）
バンクーバー朝日の元エース投手。ＮＨＫの英語アナウンサーとして北米向けの短波ラジオ番組『テディーズ・アワー』のＤＪを務める。

ジョージ万城（万城英雄）
日系アメリカ移民の二世でＮＨＫのテディの上司。人種差別の激しいアメリカを捨てて来日し、軍の要請を受けて北米向け短波ラジオ放送を主導する。

児島基治
バンクーバー朝日のマネージャー兼スポンサー的存在。広範なコネクションを駆使し、万城を赤西少佐に紹介。テディの帰国もサポートする。

赤西重夫少佐
陸軍参謀本部に所属する将校。来る大戦を予期し、情報戦の一環として短波ラジオ放送を企画。英語を自在に操れる日系二世をスカウトして回る。

鈴木春江
英米文学を専攻しているテディが想いを寄せる女性。軍への協力、捕虜を使った放送に悩むテディを陰で支える。

マーカット少将
ＧＨＱ経済科学局局長でマッカーサー元帥の参謀。大の野球好きとして知られ、戦後の日本プロ野球の復興にも尽力。テディの窮地を救う。

目次

プロローグ

～一九四一年七月三日～


頭の中を揺さぶるような重低音が、突如船内に鳴り響いた。

三等客室で横になっていた男が、汽笛を聞いておもむろにベッドから起き上がる。寝不足と船酔いで頭は重かったが、壁にかけていたシャツに手を伸ばすと、汗でベタつく身体の上に羽織って部屋を出た。

狭苦しい部屋に閉じこもり、干からびたパンをかじる船旅も半月が経過した。出発した街ではまだまだ風も心地よかったが、ここ数日は蒸し暑さが厳しくなっている。故郷の友人たちから聞いた話では、それは『梅雨』というこの地独特の雨季の影響だという。そのためか、船室はもちろん窓のない内廊下にも湿気が充満し、男のシャツを身体にまとわりつかせていた。

それにしても昨夜は酷い嵐だった。

船員の話では『台風』というハリケーンが直撃したらしい。全長二〇三メートル、重量二万六〇〇〇トンを超える太平洋横断客船・エンプレス・オブ・ジャパンが、まるで木の葉のように大きく揺れた。

　生まれ育ったのは港町なので、漁業に従事する友人も多い。船は見慣れていたが、実家が旅館を営む男は、船に乗ることには不慣れだった。出発当初はのんびりと目前に広がる大海原を楽しんでいたのだが、立っているのもやっとの大きな揺れに、さすがに船酔いしてしまった。おかげで昨夜はほとんど眠っていない。気持ち悪さに堪えながら、重い足取りで狭く長い廊下を抜けて階段を上った。

　ところが、そんな憂鬱な気分も、階段を一歩上るたびに少しずつ晴れてゆく。徐々に空気が澄み渡り、潮の香りが鼻をつく。ようやく階段を上り切ってデッキに出ると、男を悩ませていた頭痛は一瞬のうちに消し飛んだ。

　ようやく戻ってきた――

　カモメが頭上を舞い、顔を洗う海風が心地いい。

　デッキの向こうには、すっかり見飽きた水平線の代わりに、黒い稜線がくっきりと浮かんでいた。

　男は荷物をまとめるためにいったん部屋に戻ると、ベッドの下からボストンバッグを引っ張り出した。少ない衣類、わずかな旅費、そしてパスポートを急いで詰め込んでゆく。

　ふと、バッグの底にある〝もの〟に気づいた。どこに行くにも肌身離さず持っていく宝物。待ち受ける旅の予定に意識が飛んでいてすっかり忘れていた。船に乗ってから初めて引っ張り出し、目前で広げてみる。

白地のシャツの胸に赤いアルファベットの文字が躍る。薄汚れ、そこかしこにある繕った跡は、大切にしてきた様子がうかがえる。

男はシャツを眺めながら、祖国に残してきた両親、そして仲間たちのことに想いを馳せた。

彼らとはもうずいぶん会ってない。小さいころから苦しみも喜びも共にしてきた仲間は今、ほとんどが生まれた街で懸命に生きている。彼らを残して遠い異国にやってくるのは男にとって冒険だったが、どうしても来なければならない理由があったのだ。

男はシャツをバッグに仕舞って身を引き締めると、二週間世話になった船室を出た。

甲板を離れていたわずかな時間のうちに、エンプレス・オブ・ジャパンはどんどん港に近づいている。整備された巨大な桟橋、その先にはレンガ造りの建物が整然と並んでいた。

速度を緩め、船はその巨体を反転させて右舷を港に横づけした。桟橋には船員、税関職員、そして長旅をしてきた船客を出迎える人々で溢れている。

船と桟橋を繋ぐタラップが架けられ扉が開いた。

男はボストンバッグ一つを手に持つと、おもむろにタラップを渡り始めた。

昨日の嵐が嘘のように、頭上には雲ひとつない青空が広がっている。

『台風一過』の青空のもと、男は両親の故郷・日本の横浜港に降り立った。

男の名前はテディ古本《ふるもと》。

バンクーバー朝日の元エースピッチャーは、ある決意を秘めて単身日本にやってきたのである。

選手として日本遠征を行った一九二一年以来の日本であり、そしてこれがテディにとって最後の帰国となる。

しかしこのあと、数奇な運命が彼を待ち受けていようとは、このときの彼には知る由もなかった——

プログラム1
～一九四一年盛夏～

　横浜港にエンプレス・オブ・ジャパンが無事到着したという知らせを税関庁舎の待合室で聞いたのは、万城《まんじょう》英雄《ひでお》ただ一人だった。

　船を出迎えにきた他の人たちは皆、到着予定の一時間以上も前から埠頭へ行ってしまっている。昨夜、太平洋上で船が台風に巻き込まれたという情報が入ったため、待合室でのんびりと待っていられなかったのだ。

　エンプレス・オブ・ジャパンはバンクーバーと横浜を往復する船の中では、当時最大の規模を誇る客船である。ちょっとやそっとの嵐で難破するはずはないのだが、その船には自分たちの親族や友人や知人が乗っているのだ。いても立ってもいられず、船が着くよりも前に埠頭に行ってしまうのが人情というものだろう。

　ところが、万城はそういう考え方が気に入らない。

「俺たちが埠頭に行ったところで、船が無事に着くわけじゃない。自己満足のための非合理的判断というやつだ。だから日本人はダメなんだ」

そうつぶやきながら、待合室で一人葉巻をふかしていた。

そして、実際に万城が埠頭まで出迎えにいかなかったにもかかわらず、船はちゃんと横浜に着いた。

「つまり、俺が正しかったということだ」

船が到着したという知らせを聞いて万城が顔を綻ばせたのは、船客が無事に日本に着いたのを喜んだのではない。自分の考えが正しかったことが証明されたと思ったからだった。

エンプレス・オブ・ジャパンが着いたと聞いて、万城はさらにもう一本、葉巻に火をつけた。

四年前に起こった支那事変のために、いまだに日本とアメリカの間がギクシャクしている。その影響で、アメリカやその同盟国から日本にやって来た人たちは、たとえ日本人であろうと税関で徹底的に審査されるようになった。

カナダはアメリカの同盟国である。バンクーバーから来た船客たちも入国審査にはかなり手間取るだろう。それなら、焦らずに葉巻でも吸いながらゆっくり待つのが合理的判断というやつだ。

十年ほど前、万城がアメリカから日本に〝帰ってきた〟時もそうだった。日本の入国審査官は、アメリカ生まれでアメリカ育ちの日系二世の万城を、まるでアメリカからのスパイでもあるかのように取り扱った。衣類は内ポケットの中身まで調べる。そして最後にはスーツケースの奥に入れておいた本まで取り出し、全てのページをペラペラと捲ったあと、「この本の内容は何だ？」と横柄な口調で万城に尋ねた。

その頃から日本ではいわゆる危険思想を取り締まっていることを、万城も話として聞いてはいた。だが、ただの船客が持っている本までチェックするとは思ってもいなかった。しかも、その本は英語で書かれたペーパーバックだ。ほとんどの日本人には読めないのだから、たとえ危険思想が書かれていたとしても、日本人に悪影響を与える可能性はゼロに近い。それなのに、そんな本ですら日本の税関は、少しでも危険と判断すれば、すぐさま没収しようとする。そして、実際にその本は没収され、海に投げ捨てられてしまった。

その時は思わずある男の名前を出しそうになった。

しかし、いくら万城が権威をひけらかすのが好きな男でも、税関でそんなことを言うわけにはいかない。

万城は屈辱に耐えながら荷物のチェックを受け、いつか自分が権力を握った暁にはこいつを降格させてやろうと、万城のスーツケースを手荒く扱っている係官の名札をしっかり見ておいた。

現実に日本で手にした万城の力は税関には及ばないため、その係官の人事に首を突っ込むことはできない。だが、それでも万城は今なおその係官の名前を覚えている。

万城はよい意味でも悪い意味でも執念深い男だ。そしてその執念深さは彼の上昇志向の強さに結びついていた。

万城がアメリカで大学生になった頃には、彼の心は社会的にも経済的にも成功したいという望みではち切れそうになっていた。アメリカンドリームという言葉があるように、強烈な出世願望を叶えるには、アメリカは世界で最も相応しい国ではある。ただし、あの国は一つだけ厄介な病気を抱えていた。

人種差別である。

万城が自分で自惚れているほど優秀な人間であったとしても、日系二世である限り社会的に成功することは今のアメリカでは不可能だった。少なくとも万城はそう信じているし、そんな万城の考えを裏打ちするかのように、ここ数年、アメリカでの日系人に対する差別は、日を増すごとに酷くなってきている。

「結局、日本人をきちんと評価してくれるのは日本人しかいない」

万城は一人つぶやいた。

もしも万城があのままアメリカに住んでいたら、今ほどの社会的地位も収入も望めなかっただろう。

万城の父親はアメリカ在住の日系一世であり、日系社会の中では成功した部類に属している。だが、息子から言わせれば「しょせんクリーニング屋の店主」だった。日系人は出世したところで商店の店主がせいぜいのところ。アメリカにいる限り会社の社長にも弁護士にも政治家にもなれないのだ。

万城は日本を愛していたから日本に〝帰ってきた〟のではない。世界の中で日本だけが、万城に出世の扉を開いてくれる国だと思ったから、仕方なしにやって来たのだ。

そして、万城のそんな思惑どおりに事が進んでいる。このまま日本にいる限り、アメリカにいるよりも何倍も大きな成功を得ることができるだろう。

ただし、そのためには日本とアメリカが絶対に戦争を起こさないでくれなければ困る。

万城がそんなことを考えていると、待合室の出入口のほうから人がドヤドヤと入ってきた。どうやら、今回の船の入国審査は万城が思っていたほど手間取らなかったようだ。

見ると、船客の中には日本人に交じってかなりの数の白人がいる。

「この時期でもカナダから日本にこれだけ白人が来るんだから、やはり戦争は起こらないということだな」

そうつぶやいて万城は安心した。いつ敵国になるか分からない国へやって来る外国人などいない。日本に白人が来れば来るほど、アメリカとの戦争の可能性は低いということになる。万城は嬉しげに白人の交じる船客たちを見た。もっとたくさんの白人が日本に来てくれればいいのに、と思いながら。

とはいえ、船客の大半はやはり日本人である。

こちらは皆、かつての移民たちだ。アメリカやカナダなどに移り住んだ日本人が祖国に帰ってきたのだろう。

彼らはこれからどうするつもりなのか？　あくまでも一時的な帰国であって、しばらく日本に滞在したあと、再びカナダに戻るつもりなのか？　それとも万城のように生まれ育った国に見切りをつけて、一度も住んだことのない日本という〝母国〟で生きていくつもりなのか？　どちらを選ぶにしても、かなりシビアな選択になることだけは確かだ。そして、その選択を間違えなかった者だけが、この世界で成功することができる。

例えば俺のように——。

万城は声に出してそう言う代わりに、葉巻の煙を吐き出した。

その時、待合室に新たに一人の男が入ってきた。

五フィート八インチ（約一七六センチメートル）の身長は、背の低い日本人の船客の中ではやけに目立つ。すぐに万城の目についた。

ようやく待っていた人物が現れたのだ。万城は咥えていた葉巻を床に落として踏み潰すと、彼に向かって手を振った。

「ヘイ！　テディ！」

テディと呼ばれた男がビクッとして万城のほうに顔を向けた。まさか自分を知っている者がここにいるとは思ってもいなかったはずだ。驚いた様子のまま、長椅子に腰をかけて葉巻を咥えている男のほうを見た。万城はいかにも懐かしげにテディに向かって手を振り続けている。

その様子を見て、テディはあっと気がついた。朝日の選手時代はいちファンであり、またミシガン州立大学の時は同じ大学に通う仲間だったジョージ万城だった。

一瞬テディにそれが誰だか分からなかったのは、万城の体重が最後に会った時より明らかに二十ポンド（約十キログラム）は増えていたからだ。アメリカにいた時からトレードマークのようにはやしている口髭がなければ、その男が万城だと分からなかったかもしれない。

しかし、そんなことはどうでもいい。

どうして彼がここにいるんだ？

たまたま同じ船に乗っていた船客を出迎えにきたのか？

それともテディがこの船で日本に一時帰国することを知っていたのか？

まさか、そんなことはあり得ない。

久しぶりの再会を喜ぶよりも、テディは驚きの気持ちのほうが強かった。

しかし、万城はそんなテディの気持ちなど無視して、にこやかに微笑みながら近づいた。

「ウェルカム・トゥ・ジャパン」

そう言いながら右手を差し出す。

テディは訳が分からないまま万城と握手しながら口を開いた。

「サンキュー、ジョージ。バット、ホワイ・ドゥ・ユー……」

ところが、言いかけたテディを万城が制す。

「テディ、せっかく日本で会えたんだ。英語じゃなく、日本語で話そう」

万城がテディの言葉を遮った。自分から英語で話しかけたことなどすっかり忘れている。そうだ、万城はいつもそうだった。まず自分でルールを作り、それを人に押しつけるくせに、そのルールをいつも平気でコロコロと変える。

「分かったよ、ジョージ。だけど、君はどうしてここに……」

テディが日本語で言いかけると、再び万城はその言葉を遮った。

「テディ、俺はもうジョージじゃない。俺は日本人なんだ。だから、俺のことはこれからは日本名で呼んでくれ。ただし、万城じゃなくて、万城さんだ。アメリカやカナダにいる時みたいに、俺のことをジョージだとかヒデオだなんて呼び捨てにするんじゃないぞ。俺は君よりも五歳上だ。そして、日本は白人たちと違って長幼の序を重んじる社会なんだ」

「チョーヨーノジョ？」

日本語よりは英語に馴れているテディは『長幼の序』という言葉の意味が分からない。

「年長者は年が上だというだけの理由で、意味なく尊ばれるということだ。個人の能力を無視した実にくだらん風習だが、それが日本のやり方なんだから仕方がない。諺でも言うだろう。ゴーニイレバ……」

万城はそこまで言いかけて詰まった。『郷に入れば郷に従え』という日本語が思い出せなかったのだろう。

「ホエン・イン・ローマ・ドゥ・アズ・ザ・ローマンズ・ドゥ」

万城はあっさりと英語で言った。人には禁じているくせに、どうやら自分が英語を使うのはかまわないらしい。いかにも万城らしいルールだった。

しかし、テディはそんなことよりも万城がここにいる理由を早く知りたかった。できることなら、税関庁舎などという場所では万城とは会いたくない。誰も聞いていないとは思うが、万が一にも万城が税関の係官に聞こえるような大声で自分の本名を言ったりしたらまずいのだ。

だが、万城はテディが危惧していた以上のことを口にした。

「ところで、君はいつから名字を『益田《ますだ》』に変えたんだ？」

驚いてしまい、慌てて制するのさえ忘れてしまう。

どうしてそれを⁉

この言葉を聞いて、テディは万城がこの横浜港の税関庁舎にいる理由がはっきりと分かった。万城は他の船客を迎えにきたのでもなければ、偶然何かの用事でここにいるのでもない。間違いなく、テディに会うためにここに来たのだ。

テディが本名の『古本忠義《ただよし》』ではなく『益田忠義』としてパスポートを申請したのは、たったの一ヶ月ほど前のことなのだ。

テディの顔にはっきりと驚きの表情が出ていることに気づくと、万城は愉快そうに笑った。

「テディ。俺がさっきから、英語を使うな、俺のことをジョージと呼ぶなと言ってるくせに、君のことはテディと呼んでるのが矛盾してるじゃないかと思ってたんじゃないか？　俺だって、君のことを日本の名字で呼んでやりたかったさ。だけどねえ、まさか税関のすぐ近くで君のことをパスポートに書かれているのとは違う名前で呼ぶわけにはいかないだろ？」

そう言って馴れ馴れしげにテディの肩を叩いた。大丈夫だ、俺はそう簡単に君の秘密を漏らしやしない、とでも言うように。そして、確かに万城は今言ったことを他の誰にも聞こえないよう小声で、しかしテディにだけははっきりと聞こえるように言ったのだ。

テディはすっかり混乱してしまった。

「だけど、ジョージ、いや万城さん」

慌てて言い直す。

「どうして――」

そんなことを知ってるんだ？　と聞こうとすると、万城はテディの口を指で制して誇らしげにつぶやいた。

「テディ、日本の軍の力を甘く見ちゃいけない」


テディは一九〇〇年、バンクーバーで生まれた。

しかし生まれた時、彼の姓は古本ではなく益田だった。

実の両親は熊本県阿蘇の出身で、益田金太郎《きんたろう》、トシエという。貧しい生活から抜け出そうと夢見てカナダにやってきた日系一世だ。

ところが移り住んだバンクーバー島は漁業と林業しかない過酷な場所だった。白人に酷使され、二人とも身体を壊してしまう。テディの実母・トシエはテディを産んだ直後に亡くなってしまい、実父・金太郎も仕事に出られない日が続いた。

このままでは乳飲み子のテディを餓死させてしまう。テディの将来を心配した金太郎は、日本人街に住む友人の古本夫妻に、テディを養子に出したのだった。

古本夫妻も日系一世で、カナダに来た当初は苦労の連続だったが、ここ最近はようやく生活も落ち着いてきていた。ところが二人には子どもがなく、元気な男の子を養子にしたいと探しているところだったのだ。

一組の夫婦に五人や六人の子どもがいるのは当たり前で、なおかつ「子どもは大事な跡取り」という感覚が強い時代の話である。子どものいない夫婦が子沢山の親しい人から養子をもらうのは珍しいことではなかった。

その証拠にテディこと忠義は、自分が益田家からもらわれてきた子どもであることをまだ小さい頃から知っていた。養父母である古本夫妻が、忠義が物心がついた頃にそのことを教えていたのだ。

子どもが血の繋がっていない養子であることは、後で発覚したら大騒ぎになるような「出生の秘密」などではなかった。アメリカでは今でも肌の色さえ違う、血の繋がっていない、だが、仲のよい家族はいくらでもある。そうした親子の感覚を持つことについては日本人も例外ではない。日本人が家族の血の繋がりを今のように重要視するようになったのは、第二次世界大戦後のことだ。

実際、バンクーバー時代のテディの親しい友人の中にも養子に出された子どもがいた。

テディが益田姓のパスポートを作るに当たって、色々と工作してくれたのが古い友人のエディ北山で、このエディにはミッキー、ヨーという二人の兄がいたが、ヨーは十歳の頃、やはり子どもがいなかった梶家へ養子に出されている。北山家と梶家は共にバンクーバーの日本人街に住む、いわばご近所同士だったので、ヨーは梶家へ養子に行ってからも、しょっちゅう北山家の兄弟たちと遊び、北山家へもちょくちょく顔を出した。

養子だからといってひがむ必要はなかったし、親子の情愛が薄れるということもなかった。養子に出された子どもはそのことを理解した上で、実の父母に対するのと同じように養父母に甘え、成長してからは彼らに孝養を尽くした。そして、その一方で自分を産んでくれた血の繋がった両親に対しても、愛情を失うことはなかった。

養子に出されるというのは「両親に捨てられた」のではなく、女の子が結婚してよその家の娘になった感覚に近い。

古本家へ嫁いで古本姓になった娘は、古本の養父母に親として仕えるが、実家である益田家の両親と縁を切ったわけではないし、親子の情愛がなくなってしまったわけでもない。もしも益田家に何か困ったことが起これば、古本姓になったこの娘はすぐに実家の益田家へ駆けつけるだろう。

実は今回、テディが日本に来たのもそういう理由からだった。

実の両親が日本に残してきた両親、つまりテディの祖父母を救うために日本にやって来たのである。

しかしテディは、実家の問題を、思いがけない形で再会したばかりの万城に言う気にはなれなかった。

一つには、万城がなぜいきなりテディの前に現れたのか、その理由がまるで分からなかったからだ。そしてさらにテディにはパスポートの問題があった。

万城が指摘したように、テディの今の本名は益田忠義ではなく古本忠義である。益田という実家の姓はやむを得ない事情から、今回の渡航に関してのみ使用しているだけだ。

テディの旧姓が益田であることを知っているのは、このパスポートを使用しているテディ本人とバンクーバーの両親、そして、パスポートを作るために裏工作をしてくれたエディ北山など親しい人だけだった。エディは幼なじみで、バンクーバー朝日でも長距離打者として活躍したチームメイトだ。そのエディは今も昔もずっとバンクーバーにいる。

それなのに、日本にいる万城はどうして、テディが益田姓で取得したパスポートで日本に入国したことを知っているのか？

　養家の姓ではなく実家の姓でパスポートを取得すること自体は、テディが住んでいるカナダでは、法律の解釈のしようによっては違法ではない。しかし、合法と断言できるかどうかは怪しいところだ。

　そのグレーゾーンにあるパスポートの表記名を、日本ではどういうふうに受け取られるのか、そのことに関してはテディはまったく予想もつかなかった。特に最近、日加間の関係は微妙だ。そういう意味では今回のテディの来日はほとんど冒険に近い。もしも違法と判断されたら、最悪の場合、二週間かけてやってきたこの日本に、足を踏み込むことなくカナダに送り返されるだろう。だが、そうなっては困るのだ。

　テディはこの場はすぐにでも万城と別れたほうがいいと判断した。

　そこでなるべく平静を装って、しばらくは日本にいるので、そのうちこちらから連絡をするから君のアドレスを教えてくれと万城に言った。万城はテディに名刺を手渡したが、テディはそれをろくに見もせずポケットに入れた。

「じゃあ、いずれまた」

　挨拶をして別れようとする。しかし万城がテディを呼び止めた。

「それはいいが、テディ、君はこれからどこへ行くんだ？」

「どこって」

迷ったが、咄嗟に嘘をつくこともできない。

「熊本だ」

思わず正直に答えた。

「クマモト？　クマモトなんてところが横浜にあったか？」

「横浜じゃない」

「東京にもクマモトなんてところはないぞ」

「そうじゃない。大阪よりもまだ西にある熊本県に行くんだ」

テディの実家である益田家は熊本にある。すると、万城はテディが何か冗談でも言ったかのように笑いだした。

「テディ、それは無理だ。君は熊本なんぞに行けやしないよ」

「どうして？」

「君は本当に今の日本の状況を知らないんだな。今、日本国内では旅行制限が行われているんだ。鉄道をはじめとする全ての輸送機関は、軍関係の人員や物資の輸送を優先している。民間人が長距離の旅行をしようにも、おいそれと鉄道の切符なんざ手に入りやしないんだよ」

これにはテディも驚いた。熊本まで行けなければ、日本に来た意味がなくなってしまう。

万城はそんなテディをニヤニヤ見つめながら言った。

「君が行こうとしている熊本の人たちは、そんな当たり前のことも君に知らせてなかったのか？」

「いや、僕が日本に帰ってきたこと自体、伝わってるか分からないんだ」

「そうか、それなら仕方がないな。だが、君はどうしても熊本まで行かなけりゃならないんだろ？　どうやらそのために日本に来たみたいだしな」

テディは大きくうなずいた。

「だったら、一度俺の東京の家に寄りたまえ。そして、二、三日うちでゆっくりすればいい。その間に俺が熊本まで行く切符を手に入れてやるよ」

「だけど、民間人は長距離鉄道の切符を手に入れられないんじゃないのか？」

「そうだ、民間人なら無理だ。だけどね、テディ」

万城がずるそうに笑う。

「軍のコネクションがあれば、そんな切符くらい簡単に手に入るんだよ」

得意げにそう付け加えた。

万城と再会してまだ三十分と経っていないのに、その万城の口から「軍」という言葉が出たのはこれで二度目だった。

仕方なくテディは万城のあとについていくことになった。この場合、他に選択肢があったとは思えない。

万城の家は神田にあった。日本に来たばかりの、そして日本のことをほとんど知らないテディの目から見ても、立派な構えをした二階建ての瀟洒《しょうしゃ》な日本家屋である。その家を見ただけで、テディは万城の日本での暮らしぶりが想像できた。

テディにとっては意外だったことに、万城はテディを歓待してくれた。

「ここが我が家だ。まあ寛《くつろ》いでくれたまえ」

横浜港で久しぶりに再会した時の、横柄で、人を見下したような態度は消え、十数年ぶりに旧友に会えた喜びを満面にみなぎらせている。

最初のうちはテディも戸惑ったが、次第に万城の機嫌がいい理由が分かってきた。万城はアメリカが懐かしいのだ。

長い廊下を抜けて客間に通される。畳敷きの上に絨毯が敷かれ、明らかに舶来品と分かる豪華なソファが置かれていた。和洋折衷の不思議な空間だったが、日系二世のテディにとっても、この雑多な雰囲気は居心地がいい。

「なかなかいい家だろ。カリフォルニアの家に比べれば小さなもんだが、まあまあ快適にやってるよ」

ソファに促されて座ると、女中さんが紅茶を出してくれる。豪放な万城には似つかわしくない、繊細な造形のティーカップだった。

万城は一口紅茶をすすり、テディの無事な到着をひとしきり祝ってくれる。その後お互いのことを取り留めもなく語り合った。

万城はアメリカ・カリフォルニアで生まれた日系二世である。テディと知り合ったミシガン州立大学に入学する前は、西海岸を転々としていたという。

三十年以上暮らしてきたアメリカの雰囲気を、日本に着いたばかりのテディから感じているらしい。

と言ってもテディがアメリカで過ごしたのは、ミシガン州立大学に通っていた四年ほどの間だけだ。それ以外の時間のほとんどをテディはカナダのバンクーバーで過ごしてきた。

それでは二人の話が合うはずがないと考えるのは、外国、とりわけ白人の国を知らない日本人の考え方である。テディと万城は生まれ育った土地こそ二千キロも離れていたが、育った環境には唯一の、そして彼らの人生を決定づけるような共通点があった。

それが白人による日系人差別だ。

テディも万城も移民である日系一世の子どもたち、すなわち日系二世である。テディが育ったカナダのバンクーバーも、万城が育ったアメリカのカリフォルニアも、彼らの親たちが移住してきた頃はまだ開発途上の街でしかなかった。しかし、だからこそ彼ら日系一世にも門戸が大きく開かれていた。彼らは安い賃金で現地の白人たちよりもたくさん働いた。バンクーバーもカリフォルニアも彼ら移民たちの安い労働力によってできあがった街だと言っていい。

「それなのに――」

と万城はテディに絡むように言った。

「白人たちは俺たちの親を差別して、低賃金で最下層の仕事を押しつけた。そのくせ、日系人が文句も言わずに黙々と働き、それで小金を貯めているのを知ると、『日本人は俺たちの仕事を奪った』と言って、その仕事を俺たちの親たちから奪おうとした」

それは事実だった。

万城が生まれ育ったカリフォルニアは、日本人をはじめとする移民の多い街である。移民が多い分だけ差別も多い。その移民の中でも勤勉で組織だって行動する日系人の労働力は、同じ社会の最下層に属する白人たちの脅威となり、それがカリフォルニア在住日系人への憎しみへと変わった。

「だから、カリフォルニアは日系人差別のメッカになったんだ」

毒々しく吐き捨てるように言う万城の言葉もまんざら嘘ではなかった。

カリフォルニアでは排日運動が盛んになるにつれて、驚くべきことにその道のプロフェッショナルまで生み出している。プロとはそのことで金を稼ぎ、それによって生計を成り立たせている者という意味である。当時のカリフォルニアでは、白人が日系人を差別するのは金になったのだ。

資金源は新聞と集会と政治だった。

反日キャンペーンを繰り広げる新聞は、反日を支持する人たちの間で爆発的に売れる。反日をアジテーションする運動家が行う集会は入場料を取っても客が集まる。そして、反日を標榜する政治家には、日系人労働者に不満を持つ白人労働者たちが選挙の際に票を入れるのである。

これは何もカリフォルニアだけで起きた現象ではなかった。「差別が金になる」ことは、当時の世界の流行でもあったのだ。

例えば当時のドイツでは、カリフォルニアの排日運動と時期的に前後して、ナチスが生まれている。結成当初のナチスは弱小の政治グループでしかなかったから、国家から経済的援助を受けることはできなかった。だが、彼らは正業を持ちつつ、その傍らで政治活動を行っていたのではない。

ナチスはドイツで国民の大規模な支持を得る前から、ユダヤ人排斥を訴える集会を各所で開いていた。そして、その入場料とカンパによって組織を運営していた。つまり、ナチスの党員たちは、ユダヤ人差別をネタにして生計を立てていたのである。

ここでも外国人、他民族への差別が金になっている。そして金の匂いのするところでは、常にプロフェッショナルが生まれる。

カリフォルニアで誕生した排日運動のプロたちは、他の街から招かれたり、また自分たちから売り込んだりして、日系人労働者が白人にとって脅威になりつつある街でプロパガンダを行い、排日運動のグループを組織し、反日を唱える集会を催し、「日本人を追い出せ」とシュプレヒコールした。

そうした顛末を万城が話すと、

「僕が生まれたバンクーバーでもそうだった」

テディは万城に同意した。

「僕が七歳の時だったから一九〇七年のことだ」

「つまり、明治四十年だな」

万城が西暦を元号に言い直した。これが万城の癖で、在外日系人と付き合いの多い万城は彼らが西暦を言うと必ずそれを元号に言い直す。そうすることで、日系人を〝まともな日本人〟に変えようとしているのだ。

ある意味大きなお世話だが、テディはそんなことには頓着せずに続けた。

「うん、その明治四十年にバンクーバーで排日暴動が起きたんだ。

僕はまだ子どもだったけど、あの時のことは今でもよく覚えている。白人の反日アジテーターがある集会で、今年はバンクーバーに数万人の日本人がやって来て、白人たちの仕事を全て奪ってしまうと嘘の情報を流したんだ。それも意図的に、白人たちの怒りを煽るようにね」

「奴らのやりそうなことだ」

「アジテーターに乗せられた何千人という白人の労働者たちは武器を持って、バンクーバーの日本人街に押し寄せてきた。僕たち日系人を殺すためにだ」

「俺が住んでいた頃のカリフォルニアでは、さすがにそこまで酷いことはなかった。だけど、そういう状況で、君たちはよく殺されなかったな」

「馬車松さんという人がリーダーになって、てんでバラバラだった日系人をまとめてくれたんだ。それで、組織だって戦ったおかげで、日系人は白人たちとの戦いに勝つことができたんだよ。もしも馬車松さんがいなかったら、日系人の間に死人が出ていても不思議じゃなかった」

「その馬車松という人は今もカナダにいるのか？」

「いや、今は和歌山で中学生に野球を教えていると聞いている」

「野球？　ということはひょっとして、その馬車松っていうのはバンクーバー朝日の？」

「うん。馬車松さんは朝日の創始者であり、初代の監督だった人なんだよ」

そして、その朝日の初代のレギュラーメンバーであり、エースピッチャーだったのがテディだった。

朝日は一九一四年、万城が固執している元号で言うなら大正三年にバンクーバーで誕生した野球チームだ。

当時からバンクーバーは野球の盛んな街で、アマチュア、セミプロ、プロが混在して、実力の伯仲するチームでリーグを作り、リーグ戦を戦っていた。そのチームの数だけで数十はあっただろう。それだけの数の野球チームの中でもバンクーバー朝日は結成当時から異彩を放っていた。

白人の街バンクーバーの中で、朝日だけが日系人による日系人のための日系人だけで作ったチームだったのである。

朝日はある意味、反「反日」によって生まれたチームだった。

バンクーバーでは根強い日系人差別が存在している。だが、被差別者である日系人は社会的にも政治的にも白人に逆らうことができない。職場で文句を言えばすぐさま解雇されるだけだし、法的にも日系人はさまざまな制約を受けていたからだ。

当然のことだが、そうした日々を送っていれば自然と鬱屈が溜まっていく。何とかして白人に一泡吹かせてやりたいが、その手段がない。

そんな時に結成されたのが朝日だった。

バンクーバーの野球チームはほとんどが白人だけで占められている。その白人たちのチームに日系人だけで結成されたチームが試合を挑む。

そう聞かされただけで、当時のバンクーバーに住む日系人たちは驚喜した。

実は朝日以前にもそういうチームがあったのだが、ニッポンズというその野球チームは日本人純血主義を貫きながら、白人たちと試合をしてもいつも負けていた。これでは日系人たちの下がりかけた溜飲も下げようがない。

その点、朝日は違った。

ひと言で言えば強かったのである。しかもパワーで勝負してくる白人チームに対して、朝日は日本人ならではのチームワークと敏捷さ、頭脳的なプレーを武器にして戦った。

テディがエースを務めた頃の朝日はターミナルリーグというバンクーバーでも最強のリーグに所属し、テディが引退した年にはそのリーグで優勝まで果たしている。

「君はバンクーバーの、いやカナダどころか北米の日系人たち全員のヒーローだった」

万城はテディに言った。その万城の言葉に嘘はなかった。

万城自身も、力ではなく技で白人たちをねじ伏せる朝日の戦いぶりを見るたびに、周りの日系人たちと一緒に喝采を送ったものだ。

「だから、俺は一ファンとして朝日と近づきになりたいと思ったんだ。君たち朝日の選手と初めて話ができた時は本当に嬉しかったよ」

万城のその言葉に嘘はない。

ただ、その言葉の裏には、複雑な想いが蠢《うごめ》いていた。


テディが所属していた朝日は他のチームにはないユニークな点が二つあった。

一つはすでに述べたように、日系人だけで作られたチームであったこと。そして、もう一つは当時の球団としては珍しくマネージメントを専門に扱う人間がいたことだった。


二十世紀初頭のカナダで、日系人だけの野球チームが白人のチームと戦って勝つためには、ただ強いというだけではダメだったのだ。

なぜか?

実に簡単なことだ。白人のチームが相手にしてくれなかったのである。白人チームが相手にしてくれなければ、勝つ以前に彼らと試合をすることすらできない。

ここにもカナダにおける日系人差別が微妙な形で影を落としていた。

白人たちは日系人を自分たちより劣った人種とみなしていたが、それは野球に関しても同じことだった。

バンクーバーで誕生した日系人チームが白人チームに試合を申し込んでも、白人たちは日系人のような弱い奴らと試合など馬鹿馬鹿しくてできないと、にべもない返事をするだけだった。たまにお情けのように相手をしてくれる白人チームもあったが、実際に試合をしてみると白人たちが言うように日系人の弱さだけが目立つ結果となった。

そんな時現れたのが朝日だったのである。

朝日の目標は白人チームと戦って勝利を得ることだった。だが、それまでの経緯からして、白人たちが日系人チームをまともに相手にしないことはよく分かっていた。

そこで登場したのが、朝日のスポンサーを務めていた児島商会の児島基治《こじまもとはる》だった。児島は最初は朝日に金を出すだけの存在だったが、朝日がいつまで経っても白人と対戦できないでいるのを見て、次第にマネージメントも手がけるようになった。

まず児島は朝日に、白人たちと試合をするのは時期尚早だから、とりあえずは日系人リーグに参加するよう助言した。そして、そこで「絶対に連戦連勝を続けてくれ」と厳命した。

戦術としては日系人チームの中で無敵と呼ばれるだけの技術を身につけ、戦略としては日系の中で一番強いチームとして、白人チームに匹敵すると噂されるようになるのを待ったのである。そして、その戦術も戦略も成功した。

だが、それでも白人チームは朝日と試合をしようとはしなかった。

弱いうちは馬鹿馬鹿しくて相手にできないと言っていた白人チームが、朝日にかなりの実力があることが分かってくると、今度はその朝日に負けることを恐れるようになったのだ。白人のチームが日系人チームと戦って万が一負けたりしたら赤っ恥をかくことになる。

勝って当たり前、負けたらとてつもないダメージを負うことになるような試合をやりたがるチームなどあるはずがない。

そこで児島はバンクーバーの新聞記者とコネクションを作り、新聞に朝日の記事を載せさせ、白人チームを挑発した。「白人チームは日系人のチームである朝日を恐れている」と。

それと同時に朝日のフェアプレー精神を大々的に知らしめ、野球における「武士道」として宣伝した。ラフプレーが当たり前の当時のバンクーバーの野球界で、武士道精神に基づく朝日のフェアネスは人種の違いを超えて多くの人の共感を勝ち取った。

朝日は次第に白人の野球ファンからも支持されるようになっていく。日系人ばかりでなく、白人のファンも集まる朝日は一躍人気チームとなった。そこでその人気を集客力に結びつけ、試合をすれば「客が呼べる＝入場料で利益が上がる」球団であることを白人リーグのトップに見せつけたのだ。

ちょうどその頃、バンクーバーでは再び排日運動が盛んになりつつあったが、児島はその反日感情すら朝日のために利用した。

つまり、これだけ人気のある朝日が白人チームと試合をすれば、大量の観客動員が見込めてリーグが儲かる上に、満場の観客の前で白人チームが日系人チームを叩きのめせば、白人たちの偉大さを大々的にアピールすることができる。

児島はそう言って、白人リーグのマネージャーに朝日の加入を認めさせたのだ。

これはある意味賭けだった。児島が言ったとおりになれば、朝日だけではなく、バンクーバーの日系人がまたしても白人たちから馬鹿にされることになる。だが、勝てば……。

結果として朝日は、その白人リーグで勝利を積み重ね、数年後にはリーグ優勝を勝ち取ることになった。

試合に勝ったのは朝日の選手たちの実力によるものだが、児島の策がなければ朝日は白人たちと試合すらできなかっただろう。

万城が朝日に興味を持ったのはそこだった。はっきり言ってしまえば、彼は朝日の選手のプレーではなく、白人社会の中で見事に競合していく児島の手腕に興味があったのだ。

「だから、俺は今でも児島さんのことは尊敬している」

万城はテディに言った。全ての人を見下しているかのような万城にとって『尊敬』などという言葉ほど不似合いな台詞もないのだが、そう言った時の万城の気持ちは本気だった。

事実、万城は朝日の背後に児島というマネージャーが存在することを知ると、すぐに朝日に近づいてきた。おそらく朝日のファンと称する人たちの中で、選手には興味を持たず、マネージャーのファンになったというのは万城だけだっただろう。

万城は日系人が差別される社会の中で、日系人が白人と対抗して生きていくノウハウを児島から学ぼうとしたのだ。そして、そんな思いを秘めていた万城にとって、児島は師と仰ぐのに相応しい人物であった。

児島は朝日のマネージメントを司っている頃は、当然バンクーバーに住んでいたが、生まれは日本である。二十二歳で海外に飛び出すまでは児島は早稲田大学の学生で、在学中は野球部に所属していた。

今と違って、日本に大学が数えるほどしかない時代の大学生だから、児島はある意味それだけでエリートであった。しかもその数少ない大学の中で野球部がある大学の数はさらに限られていた。そして、その数少ない大学野球部の中でパイオニアとなって、日本の大学野球をリードしたのが早稲田大学野球部だった。

日本にプロの野球チームなどまだ生まれていない頃のことだ。試合をするといっても日本国内ではほとんど相手が見つからないような時代に、早稲田大学はアメリカとカナダへの遠征試合を行っている。この時早稲田大学の選手たちが北米で学んだプレーが、バントやエンドランといった名前で日本に伝わった。明治時代の日本でいち早く野球部を創設し、その視野は早くから海外にまで及んでいた。その早稲田大学野球部の部員たちは、卒業後も早稲田大学野球部ＯＢとして強い仲間意識によって結ばれていた。

そのコネクションを使って、児島は朝日を日本に売り込み、朝日の日本遠征試合まで実現させている。テディがまだ朝日に在籍し、エースピッチャーとしてその名が広まる前後のことだ。

「俺が児島さんに惹かれたのは、児島さんが海外にいながら、あくまでも自分が日本人であるというスタンスを崩していなかったからだ。普通、日本人が海外で成功しようと思えば、その国に同化するしかない。アメリカの日系人にとってそれはアメリカの国籍を手に入れて、アメリカ人になることだ。ところが、児島さんは自分が日本人であることを武器にして、海外で成功した。それが俺にとってとてつもない衝撃だったんだよ」

万城は正直に自分の思いをテディに打ち明けた。そう言われてテディも微笑んだ。テディは朝日の選手時代、ほとんど野球のことしか考えていなかった。野球によって白人を打ち破りたいと、それだけを念じてきたのだ。そして、その願いは叶えられた。

試合に勝ったのはテディたち朝日の選手と監督だったが、そのための全てのお膳立てをしたのは児島だった。

万城が尊敬し、慕っていたのは、そのようなフィクサーとしての児島だった。テディが右腕だけで白人のバッターたちをねじ伏せたエースピッチャーだったとすれば、万城から見た児島は広範なコネクションとマネージメントの才覚によって、頭脳一つで白人たちと戦った男だったのである。


一方、テディにとって児島は、出会った最初の頃は朝日のチームメイト・トニー児島の伯父さんでしかなかった。児島からしてみれば、甥のトニーが朝日に入団したので、甥っ子可愛さから朝日に経済的な援助を申し出た、テディはそう思っていたし、事実そのとおりでもあった。実際にテディが知っている児島は、甥のトニーだけでなく、チームの選手全員を親戚の子どものように大事にしてくれた。

朝日全体にとっても、児島は最初のうちは金は出すが口は出さないというスポンサーの鑑のような人物だった。その後、朝日のマネージメントを手がけるようになってても、テディたち選手に対する態度は変わらなかった。

汗っかきで、夏ともなればカナダでは珍しい扇子を手放さず、いつも顔をその扇子でパタパタと扇いでいる。一見するとどこにでもいそうなただの野球好きのおっちゃんでしかない。

だが、状況を見極める判断力と苦境を打開する想像力は素晴らしかった。

バンクーバーに住む日系人は白人たちからの差別に喘いでおり、日本人街に住む日系人のほとんどすべてがカナダ人を憎んでいたと言ってもいい。

ところが、そんな中で児島だけは白人を白人だからという理由だけで憎むことはなかった。

「そんなことをすれば、私たちのことを日系人だからという理由だけで嫌っている白人と同じことになってしまう。君たちは、君たちが憎んでいる者と同じ人間になりたいのかね？」

児島はいつもそうやって朝日の選手たちを諭していた。だが、これは言うのは簡単だが、実際にそう思い、実行するのはなかなか難しいことである。何しろ当時のバンクーバーの日系人は、本当に日系人という理由だけで意味もなく差別に遭い、下手をすれば暴力まで振るわれていたのだ。それでもそんな白人のことを白人だという理由だけで憎むなと言っても、無理である。

だが、児島はそんなことは簡単にできる、と言い放った。

「私たち日系人がカナダ人に差別されているのは、ひと言で言えば、日系人がカナダ人よりも弱いからだ。弱い者は強い者に対してプライドを持つことができない。プライドを持っていない者は、強い者が間違ったことをしていても、それを許すだけのゆとりを持つことができないんだよ」

「じゃあ、僕たちはどうすればいいんだよ？」

そう児島に聞いたのは、まだ十四、五歳の頃のテディだった。

児島はそんなテディの真摯な目を微笑ましそうに見つめながら、

「勝てばいいんだ」

と言って、テディの頭を撫でた。

「どんな形でもいい。正々堂々と白人と戦って勝てばいい。本当は負けたままでも相手を許すことができれば、それはとてつもなく素晴らしいことなんだろうが、あいにくと私たち凡人にはそんなことはできない。だからね、テディ、とりあえず一度でいいから白人に勝ちなさい。それも正々堂々としたやり方で。そうすれば、君は白人に対して誇りが持てる。そうすれば、彼らが間違ったことをしても、君に対して言われなき差別をしてきても、君はそれを受け入れ、受け流し、最後は許すことができるようになるはずだ」

児島はテディに向かって「私の言っていることが分かるか？」という表情をして見

せたが、まだ十代も半ばのテディには「自分をゆえなく差別する人間を許す」という感覚がどうしても理解できない。その思いがテディの表情に出たのだろう。児島はこれまでよりもさらに優しい声音で言った。

「君たちがこのカナダという国で野球をやっているのは、そのためじゃないかと思っているんだ。白人たちに勝って、白人たちを許すために、君たちは野球をやっているんじゃないかってね」

　児島にそう言われてからおよそ十年後、テディがエースを務める朝日はカナダ一の白人リーグで優勝した。そのために体を酷使しすぎたテディは、優勝直後に野球を辞めざるを得なかったのだが、そうなっても不思議と悔しいとも残念だとも思わなかった。

　その時は全てやりたいことをやり尽くしたので、自分が一種の虚脱状態にあるのだと思っていた。確かにそれもあったのかもしれない。だが、しばらくするとそうではないことに気づいた。それまで自分を押さえつけていた鬱屈から解き放たれ、新たな感覚が心の中に芽生えていたのである。

　それは白人に勝ったことによって得たプライドだった。

　テディは今でもよく覚えている。リーグの優勝決定戦で逆転ホームランで勝利と優勝を手にした時、テディに握手の手をさしのべてきたのは、対戦相手の白人の選手たちだった。

テディは彼らの手を強く握り返しながら、もう白人たちを憎んでいないことに、そしてこれから先ももう憎む必要はなくなったことに気づいたのだ。


朝日を引退した時、テディは二十六歳だった。

テディの養父母である古本家はバンクーバーで大きな旅館を経営して、ささやかではあるがカナダ在住の日系人としてはまずまずの成功を収めていた。テディを養子にもらうくらいだから、テディ以外に子どもはいない。だから、両親はテディを、経営する旅館の跡取りとして養子にもらったのだ。

テディが後のことを気にせず野球に打ち込めたのも、こうした将来設計がきちんと整っていたということも大きかった。だから、野球を辞めればテディは実家で両親の仕事の手伝いをする、誰もがそう思っていた。

ところがテディは朝日退団のあと、両親に頭を下げて、四年間だけアメリカの大学に行かせてもらった。

同世代の日本人の男性ならば、二十六歳と言えばすでに分別盛りの大人である。一家を構え、妻子がいてもおかしくない年齢だ。

だが、野球を通して白人と戦い、児島たちの影響を受けていたテディは、もっと広い世界を見てみたかったのだ。

　児島が教えてくれた理念を活かすためには、自分にはもっと実際的な知識が必要だともテディは感じていた。さらには、古本家では跡取り息子であるテディに大学に四年間行かせるだけの経済的なゆとりがあったことも大きかった。

　ともあれ、こうしてテディはミシガン州立大学に入学した。大学では文学部に所属し、哲学と言語学を学ぶかたわら、放送部にも所属して完璧なアメリカ英語を学んだ。両親が日本語しか喋れない日本人で、育った場所がカナダであるテディは、英語と日本語の完璧なバイリンガルだが、その英語にはカナダ訛りがあった。テディには児島のように世界を股にかけて商売をするという発想はなかったが、それでもコスモポリタンであった児島に倣って、世界に通用する英語を学んでおきたいという希望がどこかにあったのだろう。

　そして、ここで正統な英語を、しかもそれがイギリスのクイーンズ・イングリッシュではなくアメリカの英語を学んだことが、その後のテディの運命を決定づけることになるのだが、もちろんその頃のテディはそんなことには気づいていない。

　そんな先の不確かな未来に思いを馳せるよりも、その頃のテディは日々の驚きの中で暮らしていくのが精一杯だった。テディが育ったカナダのバンクーバーは、アメリカと比べればしょせん田舎でしかなかった。テディはアメリカに来て以来、毎日見るもの聞くものに驚きながら暮らしていた。

そして、そんな驚きの一つが、朝日時代に何度か会ったことのあったジョージ万城英雄との再会だった。

上昇志向と向学心とが見事にリンクした万城は、三十代半ばで正業に就くまで、アメリカのあちこちの大学を転々としていた。万城が大学で求めていたのはそこで得られる知識だけではなかった。大学の中には未来へ通じるコネクションがある。そのことを教えてくれたのが、万城が師と仰ぎ、テディが敬愛する児島だった。児島は明治時代という大学生の数そのものが少なかった時代に早稲田大学に在学したことで、とてつもなく広範なコネクションを手に入れた。児島を尊敬する万城はそれと同じことをアメリカの大学でやろうとしていたのだ。

「テディじゃないか」

その頃すでに三十歳を超えていた万城は大学のキャンパスを歩くテディに向かって懐かしげに声をかけた。

「ジョージ！」

知り合いのほとんどいないアメリカで暮らし始めていたテディは、旧知のジョージ万城に再会して喜びの声を上げた。

後はお定まりのお互いの身の上の報告である。

テディは朝日を退団してからこの大学に入学するまでの顛末を語り、万城はアメリカのいくつもの大学で学んできた経験を得意げに話した。

「じゃあ、君はまだ学生なんだね？」

テディが尋ねると、万城は背広の内ポケットから名刺を取り出しテディに手渡した。

そこには『羅府新報《らふしんぽ》記者』という肩書きと共に万城の名前と会社のアドレスが記してあった。

「新聞記者をやっているんだ。学業のかたわらにね」

「羅府新報なら僕も読んだことがある。日本語で書いてある新聞だよね？」

「そうだ、羅府新報はアメリカでも数少ない日系人による日系人のための新聞だ。俺はそこで記者をやって小銭を稼いでいるんだ」

「すごいじゃないか、ジョージ」

「そんなことはないよ」

そう言って万城は苦々しげな顔をした。

「テディ、君は自分のことをどう思っている？」

「いきなり何を聞くんだ。僕は僕だよ」

「俺はそんな牧歌的な答えが聞きたいんじゃない。テディ、君の両親は日系の一世だ。

日本で生まれて日本で育ち、そしてカナダにやって来た。じゃあ、日本人の両親を持ち、カナダで育ち、今もこうやって俺と英語で話している君は何だ？　君は日本人なのか？　それともカナダ人なのか？」

万城にこう聞かれて、テディはようやく万城の問いの意味が分かった。それはテディたち日系二世にとっては大きな問題である。だが、その頃のテディはまだその問題にきちんとした答えを出せていなかった。だから、テディはそのまま正直に答えた。

「国籍で言うと、僕は二重国籍で、カナダ人でもあり日本人でもある」

「それは俺も同じだ。だけどね、テディ、イソップの寓話にもあっただろう。獣でもなく鳥でもなかったコウモリは、獣の国に住むこともできず、かと言って鳥の国に行っても、お前は獣だからと相手にしてもらえなかったんだ」

「つまり君は、僕たち二重国籍の在外日系人はコウモリだって言うのか？」

「そうだ」

万城は断言すると、内ポケットから羅府新報の名刺の束を取り出し、それを宙に放り投げた。名刺がパラパラと舞うようにして、テディと万城の間に散らばった。

「何をするんだ、ジョージ」

「こんなことをしていても無駄なんだ」

そう言いながら、万城は地面に落ちた名刺の一枚を足で踏みにじった。自分の名前が印刷してある名刺を。

「最初は俺も誇りをもってこの仕事に携わった。アメリカで苦しい生活を送っている日系人同胞たちのために、彼らに役立つニュースを与え、彼らに勇気を与えるような社説を書こうと。だが、そんなことをして何になる？」

「君が言ったとおりだ。同胞たちに役に立ち、勇気を与えることができる」

「いいか、テディ。いくら日系人が社会問題になるほどアメリカに住んでいるからといって、その人口はアメリカの全人口からしてみれば、わずかな数でしかない。言ってみれば、獣の国のコウモリの数くらいだ。そんな狭くて小さなサークルの中で、ちまちまと励まし合ったり、助け合ったりして何になる？　俺はね、テディ、どうせならきちんと獣になって、獣の国で暮らして、そこで百獣の王になりたいんだよ」

「つまり、君はアメリカ人になりたいってことか？」

「そうだ。でもそれも無理だ」

　万城は吐き捨てるように言った。

「正直言えば、俺はアメリカ人になりたい。俺くらいの能力があれば、アメリカ人社会で十分な出世ができるはずだ。でも、いくら俺がアメリカ人になりたくてもアメリカ人がそうはさせてくれないんだよ」

「確かに日系人が完全なアメリカ国籍を取るのはそう簡単なことではないかもしれな

いが……」

テディがあやふやな口調で万城の意見に同意しかけると、万城はテディを睨みつけた。

「俺が言ってるのはそんなことじゃない。日系人がアメリカ国籍を取って社会的には完全なアメリカ人になることなんざ、実に簡単なことだ。だがね、そうやって苦労して俺がアメリカ人になったとしても、他のアメリカ人たちは俺がアメリカ人であるということを決して認めてくれないんだ」

「なぜ？」

「なぜとは恐れ入ったな。そんなこと君だってよく知っているだろう？　俺がどう見ても日本人だからだよ。俺がアメリカの国籍を取ったところで、アメリカ人はあくまでも俺を日本人としか見なさない。そして、日本人はアメリカでは出世ができない。絶対にだ。それはカナダでも同じだろ？」

そう言われて、テディはどう返答していいのか分からなくなってしまった。万城の言うことがあながち間違ってはいなかったからだ。

その頃、テディの家のあるバンクーバーでは、若干の社会的成功を収めた日系人の家では、子どもたちをアメリカの大学へ送ることが一種の流行になっていた。テディがミシガン州立大学に行くことを両親から許してもらえたのも、そうした流行が背景にあったからだ。

そして、テディの親たち日系一世が子どもたちをアメリカの大学に送ったのは、子どもたちがカナダの学校を出たところで、ろくな就職先が見つからなかったからだった。

カナダでは、いやカナダに限らず全北米大陸では、日系二世の働き先はかなり限られていた。カナダでかなり高い教育を受けた自分の子どもが、ようやく銀行に就職が決まり喜んでいたら、その仕事は銀行の警備員だったという笑うに笑えない話がある。しかも、その二世の場合は警備員だとしても就職先があっただけ、まだ幸運なほうだったのだ。

カナダでは大学を卒業してから工場の単純作業や、建設現場の肉体労働に従事する日系二世が掃いて捨てるほどいた。

彼らは皆「日系人だから」というだけの理由で、能力はありながら就職口を閉ざされてしまっていたのである。

テディがこの問題をさほど重要視せずにすんでいたのは、その時はまだ大学生であり、なおかつ家が旅館を経営していたためだった。

だから、テディは万城の激しい口調を聞きながら、まるで自分が責められているような気分になった。とその時、テディの頭に一人の人間が思い浮かんだ。

「だけど、児島さんはきちんとやってるじゃないか。児島さんは日本人のままで、カナダ人を相手に商売をやり、カナダ人よりも利益を上げている」

テディがそう言うと、それまで興奮していた万城の表情が少しだけ緩んだ。

「そうだ、児島さんだ。俺が知ってる限りでは、児島さんだけがこの北米で外国人を相手にきちんと渡り合っている。だから俺は児島さんのような人間になりたいんだ。だけど、そのためにはこんな日系人向けの新聞の記者なんかをやってちゃダメなんだよ」

「それじゃあ、君は一体何がしたいんだ？」

「俺はしたいことなんてない。だが、欲しいものならある」

万城はテディの顔を見据えて言った。

「それは権力だ。テディ、俺は権力が欲しいんだよ」

ある意味、これほど身も蓋もない告白はなかった。だが、これほど正直な打ち明け話もない。人間は誰しも権力志向を持っている。だが、その権力志向を万城ほど包み隠そうとしない人間も珍しかった。そして、そのあからさまな物言いがテディには少し不愉快ではあった。

「そうか、つまり権力が欲しい君にとって、その新聞社は君の欲しいものを与えてくれないんだ。だから、君はせっかく勤めた新聞社を辞めようって言うんだな？」

「そうだ」

テディのいささか皮肉を込めた物言いに対して、万城は自分の権力志向を少しも恥じている様子はなかった。

「だけど、君は新聞記者を辞めてどうするつもりなんだ？」

テディは苦々しく思いながらも、日系人同士のよしみでそう尋ねた。

「俺はこの前もバンクーバーまで行って、児島さんに会ってきたんだ」

万城は意外なことを言った。

「君はアメリカに住んでいるのに、カナダにまで行くことがあるのか？」

「もちろんだ。俺は得るものがあるのなら、どこへでも行く。そして、児島さんは俺に大切なことをたくさん与えてくれる人だ」

「児島さんが君にくれたものっていうのは何だ？　権力か？」

そう聞いたのはテディにしては珍しく皮肉ではあったが、万城はそんな言葉をそれ以上に皮肉な笑みで返した。

「テディ、君は何も分かっていない。権力だけは人から人へと手渡せるものじゃない。児島さんが俺に与えてくれたのは、その権力を手にするための足がかりになるものだ」

「それは何だ？」

「コネクションだよ」

そう言って万城は不敵に笑った。

「君も知っているだろうが、児島さんという人はとてつもなく顔が広い。北米の日系人の間で、ちょっとした地位にいる人であれば、児島さんの知り合いでない人はいないくらいだ。だから、俺は児島さんにお願いしたんだよ。俺の能力を発揮させてくれるような人を紹介してくれって。そうしたら、児島さんは俺にこう聞いたんだ。『ジョージ、君は日本人なのか？　それともアメリカ人なのか？』って」

「君は何と答えたんだ？」

「児島さんに嘘は通じない。嘘をついてもすぐにバレてしまう。だから俺は正直に答えたよ。『本当はアメリカ人になりたいんだけど、なれない。いや、アメリカ人が僕をアメリカ人として認めてくれないんです』ってな。そうすると、児島さんはにっこり笑って『だったら、ジョージ、君はこれから日本人として生きていくといい。そして、日本人ならば日本人とうまくやっていくことが何より大切だ』そう言って、児島さんはある人を俺に紹介してくれた」

「それは誰だ？」

「それは次、君と会った時話そう」

「どうして今じゃダメなんだ？」

「テディ」

万城は親しげにテディの名を呼んだ。

「俺にだってプライドがある。児島さんからこういう素晴らしい人を紹介してもらった、と俺が君に言い、だけど、俺はその人を足がかりにして何もできなかったとしたら、赤っ恥もいいところじゃないか。だからね、児島さんが俺にどんな人を紹介してくれたのか、そのことについては俺が何か成し遂げた時に話すよ。まあ、それが一体いつのことになるやら、五年先か十年先か、それとももう一生君とは会えないのか、そんな先のことは俺にも分からないが、とにかく俺が何か成し遂げた時、いろんなことを君に教えてあげよう」

それからもテディは万城と何回か大学のキャンパスで会って話をしたが、万城は二度と「児島が紹介してくれた人」についてはテディに話そうとしなかった。そして、半年と経たないうちに、万城は大学から姿を消していた。


その万城が十数年ぶりにテディの目の前にいて、しかもカナダからやって来たテディを東京の神田にある自分の家でもてなしている。

これが不思議な偶然によるものだとはテディは思っていない。偶然がテディと万城を日本で再会させたはずがない。何しろ万城はテディがエンプレス・オブ・ジャパンに乗って横浜港に着く日取りも、そしてテディのパスポートに記してある名前が正確には本名ではないことまで知っていたのだ。

けれどもテディは、その理由を万城に聞く気にはなれなかった。そんなことを聞いてしまったら、何かのっぴきならないことに引きずり込まれそうな気がしたのだ。

だから、テディは万城の家に滞在中、あえてその話には触れずに、万城と昔の思い出話ばかりしていた。その内容の大半は白人から差別されたという苦い思い出だったが、そんな思い出ですら時間が経てば懐かしいような気がするのは、万城はすでに日本にいて、白人から差別されないですむ身の上だったからだろう。そして、テディが白人に差別された思い出を平気で懐かしげに語れるのは、朝日に参加していた時、試合で白人たちに勝ち、その結果、白人たちを許せるようになったからだった。

＊

そうこうしているうちに万城は約束していたものをテディのために手に入れてくれた。熊本行きの寝台車の切符である。

テディはすぐさま、万城に見送られて熊本へと旅立った。そして、列車に乗りこみ万城の顔を見ないですむようになった時、万城には悪いと思いつつ、テディは自分がホッとしていることに気づいていた。

はっきりとした根拠があったわけではないが、テディが今回日本に来た理由は万城には言ってはいけないような気がしていたからだ。だから、テディは万城の家に滞在中、いつ万城から来日の目的を聞かれるのかと、常にビクビクしていた。だが、万城のもとから離れた今、もうそのことを気にする必要はなくなったのだ。

テディは窓から外の風景を眺めつつ、これから訪ねていく熊本県の益田家のことを考えた。

益田家はテディの実父・金太郎の実家である。

そこには金太郎の両親が二人で住んでいた。金太郎にはすぐ上に兄がいて家を継いでいたがすでに亡くなり、その息子が家を守っている。ところが今、その息子は軍人となって中国に出征していて不在にしていた。

昔は酪農のかたわら、手広く商売をしていたが、今はどうやら経済的にかなり逼迫《ひっぱく》しているらしい。

実は、バンクーバーでは金太郎が、身体を壊しながらも熊本に残してきた両親に少しでも仕送りしたいと頑張っていた。定期的に手紙でやりとりしていたのだが、そこに、今の窮状が記されていたのだ。

出征が長引き、金太郎の兄の長男はいつ戻ってくるか分からない。そこで彼は、一時的にでも両親をバンクーバーに呼べないかと考えた。熊本へ手紙を出し、バンクーバーへの移住計画を打診してみた。まずは二人の意思を確認したい。しかし窮状を知らせてきた手紙のあと、熊本から手紙の返事はいつまで経っても来なかった。

そこで金太郎は、自ら熊本へ行き、両親をカナダに連れてこようと考えた。ところが旅費を確保しようと無理して働いた結果、金太郎は病をさらにこじらせてしまった。長年の無理がたたって、もともと身体は壊している。そこに無理をしたために寝込んだ挙句、肺炎を悪化させてしまったのだ。

もう後がないと悟った金太郎は、ある晩、古本家に養子に出したテディを呼んで懇願した。

『自分はここを動くことはできない。忠義、どうか日本に行って、熊本の両親を連れてきてくれないか』

古本の両親には感謝しているし愛している。しかし病に臥せる実父の頼みも、テディには断ることはできなかった。

バンクーバー朝日の選手時代に日本遠征をしていたが、熊本に行ったことはない。多くの困難が想像できたが、テディは実父の頼みを聞いて日本に渡る決心をしたのである。

しかし、益田の祖父母をカナダに呼び寄せるには、一つだけ問題があった。一九〇八年にカナダで制定されたレミュー協定である。

このレミュー協定とは、ひと言で言えば日本からカナダへ来る移民を制限するための法律だった。テディの両親たちがカナダへ渡った一九〇〇年前後の頃は、何のコネクションもない、カナダに知人すらいない人たちですら、日本からカナダへほとんど無制限に自由に移り住むことができた。だが、カナダで排日運動が盛んになるにつれ、カナダの政治家たちは「これ以上日系人労働者を増やすな」というカナダの労働者の声を無視できなくなってきたのだ。

といっても、カナダが完全に日本に対して門戸を閉ざしてしまうことはできない。

そこでレミュー協定では、カナダで働くために移住してくる日本人は、すでに親戚がカナダに在住している者に限る、と制定した。

そこでテディは、友人のエディ北山に保証人になってもらい、古本から益田に姓を戻してパスポートを申請した。益田の人間ならば、熊本の祖父母をバンクーバーに連れていける。

ところが、ようやく益田姓のパスポートを取得したまさにその日、ずっと病で臥せっていた実父・金太郎が亡くなってしまった。

もう長くないと分かってはいたが、元気なうちに祖父母に会わせたかったとテディは後悔した。しかし約束は果たさなければならない。

テディは古本の両親にも協力してもらってなんとか旅費をかき集めると、バンクーバー——横浜を結ぶエンプレス・オブ・ジャパンに乗り込んだのだった。

いくら日本語を日本人のように喋れるからと言って、ほとんど初めて来た日本で東京から熊本まで行き、そこからさらに熊本県の内陸部まで一人で入っていくのは、かなり大変なことであった。平時ならまだしも、テディが益田家を訪れたのは、支那事変が始まって四年経ってもまだ膠着状態にあり、それに加えてアメリカとの緊張が高まるという戦時体制の真っ最中だったのだ。

国鉄とバスを乗り継いでようやく熊本駅に着き、さらにバスに乗って山間を分け入る。阿蘇山を中心に広がるカルデラの南西の麓に益田家はあった。

住所を記したメモだけを頼りに、バス停からのぬかるんだ道を歩いてゆく。ようやくたどり着いた家を見て、テディは言葉を失った。

およそ今世紀のものとは思えない粗末な木造の家。藁葺きの屋根はもう何年も手入れされた形跡はなく、一部が崩れて荒れ放題になっている。傾いだ柱は不安定で、ちょっとした地震でも危険を感じそうだった。

益田家はここで酪農を営んでいる。手紙では、物資不足で牛の飼育が十分にできず、徐々に頭数が減ってしまったのだという。結果、一家が食べていくこともままならない経済状態になっているのだった。

この家を見る限り、手紙で記されていた惨状はあながち大袈裟ではなかったらしい。

すでに日は西に大きく傾き、あたりを夕暮れが包んでいる。テディが家に入ると、一日の仕事を終えた老夫婦が土間で粗末な夕飯の支度をしていた。

入口に現れたスーツ姿の男に彼らは驚いている。

「こんにちは。突然訪ねてしまってすいません。カナダへ行った金太郎の息子の忠義です」

テディがそう名乗ると、年老いた女性が歩み寄った。あとから同年輩の男性もやってくる。

「忠義……」

震える手でテディの手を握りじっと見つめてくる。その眼にはかすかに涙が浮かんでいた。

彼らこそテディの実の祖父母だった。ボロをまとった身体は枯れ枝のように細く、とてもみじめだった。

生まれて初めて会ったテディの祖父母は、直前に息子・金太郎が亡くなったことに哀しみ、そしてテディがカナダから来てくれたことを喜んでくれはした。

ところが、カナダへ移住することだけは頑として断ったのだ。

彼らの言い分をひと言で言えば、

「白人は日本人の敵だから」

というものだった。

「忠義、おまえの申し出は本当に嬉しいよ。わざわざ海を渡ってこんな田舎にまで来てくれるなんて……

ただね、私たちはご先祖様がずっと守ってきた土地を離れて、毛唐の国に行くわけにはいかないんだよ」

アメリカと戦争をしているわけではないが、アメリカに対する反感が日本人の間で高まりつつある頃のことだ。新聞などによる反米思想のプロパガンダの影響も大きかったのだろうし、祖父母たちにはカナダ人とアメリカ人の違いすらまるで分かっていなかった。もっとも、厳密に説明をすれば、二人はアメリカ人と同じくらいカナダ人も嫌っただろう。もしもアメリカと日本の間で戦争が起これば、カナダはアメリカの同盟国だから、自動的に日本と敵対することになる。日本にとってアメリカが仮想敵国であるなら、カナダは仮想敵国の同盟国なのだ。

テディは何とか祖父母を説得しようと努力したが、彼らはテディの言い分をどうしても聞こうとしなかった。そして、彼らに話をしているうちに、テディもあることに気がついてしまった。

「カナダにいる日系人ですら、そのほとんどは白人を敵だと思っている。それどころか、僕ですら、白人のチームと戦って勝つまでは彼らのことを敵だと思っていた。日本のおじいさんとおばあさんが白人を嫌い、恐れるのも無理はない」

もしもテディに充分な時間があったとしても、テディには二人を説得することはできなかっただろう。彼らは白人をまるで知らないのに、白人を恐れ、嫌っている。だが、カナダで白人としょっちゅう接触しながら長年暮らしているテディの養父母ですら、白人のことをよくは思っていないのである。

テディは祖父母を説得するのは無理だと諦めた。理屈でなく感情が受けつけない以上、説得は不可能だった。

実父・金太郎に託され、よかれと思って申し出た提案をけんもほろろに拒否され、傷心のまま帰途につくことになった。苦労してパスポートを申請し直してきたというのに、その努力が全て泡となって消えてしまったのだ。がっかりしたのも無理はなかった。

とはいえ、あれほど強固な拒絶に遭ってしまったのでは、テディとしても一人でカナダへ戻るしかない。テディは益田家の二人が見送るというのを断って、一人、熊本駅へと向かった。

計画が崩れたテディは今後のことに頭を巡らせ、ふと万城のことを思い出した。

「帰りの船の切符はどうやって手に入れよう？」

テディが東京と熊本を往復する列車の切符を手に入れてくれたのは万城である。その万城の説明によると、今日本では一般人の長距離旅行は認められておらず、軍のコネクションでもない限りはおいそれと切符を手に入れることもできないという。

では、日本から国外に出る船の切符の場合はどうなのだろう?

カナダを発つ時、どうなるか分からない日程のことを考え、帰りの切符は買わないでいたのだ。

テディは一瞬逡巡し、だが、その直後に万城にお願いしてみようと腹を決めた。そもそも今回の熊本行きの切符にしても、万城はその料金すら受け取ってくれていない。であれば、その金を返すついでに万城の家に寄り、今度は彼の持つコネクションを使って、カナダ行きの船の切符を手に入れてもらえばいい。

これは一見、実に順当な考えであるように見える。テディの立場にいれば、おそらくほとんどの人がテディと同じ判断をしただろう。

だが、ここで直接横浜港へ向かわず、東京の神田にある万城の家に向かったことでテディの運命は大きく変わることになる。

＊

万城は東京の家に再びやって来たテディを満面の笑みで迎えてくれた。そして熊本までの列車の切符代を払うと言っても、どうしても受け取ろうとしない。カナダ行きのチケットは何とかしようと請け負ってくれたうえに、手配できる間、うちに泊まってくれと申し出てくれた。

「君がいてくれると俺も嬉しいよ。ぜひ君に会わせたい人がいるんだ」

「僕に会わせたい人？」

「君はもう忘れてしまったかな？　無理もない、もうずいぶん前の話だ。俺が君とミシガン州立大学で再会した時、俺は君に約束したことがあっただろ？」

テディは一瞬万城が何を言い出したのかまったく分からなかった。だが次の瞬間、記憶はたちまち十年以上前に戻り、ミシガン州立大学のキャンパスで万城がテディに言った言葉を思い出した。

万城はあの時、児島さんからある人を紹介してもらったと言った。そして、もしも自分がその人を足がかりにして何事か成し遂げた時は、その人がどういう人なのか君にも教えよう、と。

万城がテディに紹介したいと言うのは、おそらくその人だろう。

だが、何のために？

テディが見ただけでも、支那との戦局が激しくなるこの時節、万城がかなり羽振りのいい暮らしをしているのは分かった。おそらく万城はテディに紹介したいという人のおかげで、今の地位を築いたのだろう。しかし、その人をカナダに帰ろうとしているテディに紹介してどうしようというのだ？　まさかそういう人と近づきにあることを自慢したいわけではあるまい。

怪訝な表情がテディの顔に浮かんだのに気づいたのだろう。

「無理にとは言わない」

万城は前言をあっさり撤回しながら、

「引き合わせる機会はこれからいくらでもあるだろうからな」

と、ある意味不気味なことを言った。

そこまで言われたら、テディとしても聞かざるを得ない。

「それはどういう人なんだ？」

「俺の恩人だ」

万城はいかにも自慢げにそう言った。いや、自慢げではなく、自慢なのだろう。万城の得意げな目がそれを語っていた。

＊

児島が万城に紹介した人は赤西重夫《あかにししげお》という、日本陸軍参謀本部に所属する軍人だった。児島が万城に紹介した時、赤西はまだ中尉だったが、テディが来日した頃にはすでに少佐になっていた。

　児島が赤西に興味を持ったのは、赤西が、軍にとって外国語は重要な武器になるという認識を持っていたからだった。そして、そのくせ赤西は日本語しか喋ることができない。

「赤西君は外国語は軍にとって必要不可欠な武器だと言う。それなのに、どうして外国語を学ばなかったんだ？」

　児島が赤西に問うと、赤西は飄々と答えた。

「軍ではできるだけ質の高い武器を必要としています。外国語の場合だと、最低でも母語と同じくらい流暢に話せて、読み書きもできる能力が必要です。つまり、軍が求めているのは二重言語生活者なのです」

『バイリンガル』という言葉を知らない赤西は、二つの言語を母語に持つ人のことを『二重言語生活者』と言った。

「ですから、日本で生まれて育った私のような人間が、十代半ばから慌てて学習して身につけた中途半端な外国語は、軍ではほとんど役に立たないのです」

　なるほど、と言う代わりに児島は深くうなずいた。そこで赤西は言葉を続けた。

「さらに軍が必要としている外国語は一つではありません。これから日本軍は多くの国と同盟を結び、またそれと同時に多くの国と敵対することになるでしょう。軍に必要なのは、その同盟国と敵対国、それらの国で使われているすべての外国語に関する知識です。しかし、英語、支那語、ドイツ語、ロシア語、フランス語などをすべて母語と同じ程度に使える人間はいません。それならば、それぞれの外国語と日本語を母語のように話せる二重言語生活者を何人も雇うしかない。しかし、彼らをてんでバラバラに好き勝手をさせるわけにもいきません。そこには彼らを統率する人間が必要なのです。

外国語が弾丸だとすれば、外国語を母語のように操る人間はピストルです。ですから、私は外国語を学ぶ必要を感じませんでした。私はそのピストルの引き金を引く人間ですから」

児島は赤西のこの言い草が気に入った。だったら、私の知っている中でアメリカの英語に堪能な日系人を紹介してあげよう、そう言って児島が赤西に引き合わせたのが万城だったのだ。

その頃の万城は野心だけで膨れ上がっているような人間だった。俺は何かができる、俺には何かを成し遂げる能力があるはずだという自負だけは持っていたが、ではその能力とは具体的には何なのか、万城自身もまるで分かっていなかった。

ところが児島から赤西を紹介してもらったことによって、万城のその能力が何だったのかようやくはっきりした。

それは日本語と同時に英語を母語のように話せるということだった。

嬉しいことに赤西は万城にこうも言った。

「だが、日本語と英語を母語のように話せる二重言語生活者はいくらでもいる。万城君、君もよく知っているだろう。アメリカに住んでいる日系二世はほとんど全員が二重言語生活者だ。だが、それだけでは軍の役には立たない。軍が必要としているのは、二つの言語を話せる上で、状況判断が正しくできる知性の持ち主なんだ。たとえば君のような」

この時、赤西が児島を介して万城に紹介されてからまだ一時間と経っていない。たったそれだけで万城が「状況判断が正しくできる知性の持ち主」なのかどうか判断できるはずもないのだが、その社交辞令を誉められたと受け取った万城はそれだけで有頂天になった。

だが、自分を正しく評価されたと思う半面、では赤西は俺をどうするつもりなのだろう、と考えるだけの余裕も万城にはあった。

「つまりはこの俺を日本軍にスカウトしたいということか」

しかし、それは万城にとってはかなり決断に苦しむ問題ではあった。

万城はアメリカで生まれてアメリカで育った日系二世である。好むと好まざるとにかかわらず、万城はこれまでどれほど英語を流暢に喋ろうが、常にアメリカ人からは日系人として扱われてきた。だから、ある意味、日本にいる日本人よりも自分が日本人であるという意識は強い。

ただし、その日本人であるという自意識は愛国心から生まれたものでもなければ、自分が日本人であることを誇りに思ったことも一度もなかった。

万城はアメリカ人になりたくてなり損ねた日系人だ。

そして、そのアメリカ人になりたいという願望については、万城自身もはっきりとした自覚があった。今でも自分をアメリカ人並に扱ってくれるポストがアメリカにあれば、万城は尻尾を振ってそのポジションに飛びつくだろう。

一方、日本の陸軍からスカウトされるということは、どっぷりと日本人の社会に浸って生きることを意味する。万城からすれば、日本はアメリカに比べるとかなり劣った国でしかなかった。そんな国でその国の人間として暮らしていって、果たして望んでいるような出世ができるだろうか？

すると、万城の気持ちを察したかのように、さっきから黙って赤西と万城の話を聞いていた児島が口を開いた。

「万城君、鶏口となるも牛後となるなかれ、だ」

牛は鶏と比べると大きな動物で、その尻尾は鶏の頭上のはるか上にある。だが、尻尾はどれほど高いところにあっても尻尾でしかない。大きな組織の中の最下層にいるよりも、小さな組織でもいい、その長となるほうがいいのではないか、と児島は万城に諭したのである。

とはいえ、そこまで言われても万城はなかなか決心がつかなかった。やはりどうしても日本に骨を埋める気にはなれなかったのだ。

そして、そんなことを考えていたのが、すべて万城の独りよがりであったこともすぐに判明した。

赤西は万城の能力をさんざん誉め称えた挙句、結局万城を軍にスカウトすることなく、その場を立ち去ってしまったのだ。

万城はがっかりした。軍のポストを失ってしまったと思うと、さっきまで逡巡していた自分の気持ちが浅ましくも傲慢にも思えた。そして、そのせいでかえって万城は日本で働いてみたいとようやく本気で願うようになった。だが、そのチャンスは簡単に失われてしまったのだ。


ところが、思いもかけない事態がやって来た。それは何も万城一人にだけやって来たのではなかった。アメリカ人全体、いや、それどころか、世界中を巻き込むほどのひどい事態がやって来たのだ。

それが一九二九年にアメリカに端を発して起こった世界大恐慌だった。

この未曾有の金融危機のために、アメリカでは失業者が溢れ、かつて経験したことがないほどの経済危機に陥った。万城自身も自分の能力がどうのこうのと太平楽を並べていられる場合ではなくなった。何しろ昨日までの大学教授がタクシーの運転手をやる時代に突入したのだ。アメリカでは職を失った上に経済的に行き詰まって自殺する者が続出した。

それまで社会的にかなり高いステイタスにいた人ですら肉体労働をしている。そんな時に、それまでにもろくな仕事にありつけなかった万城に仕事などあるはずもない。万城は一瞬だけ悩み、そしてすぐに日本と連絡を取った。どんな仕事でもいい、あなたのところで仕事をやらせてもらえないだろうか、と赤西に頭を下げた。

赤西からは、日本にすぐに帰ってこい、という返事が来た。しかも、日本大使館を通じて、日本行きの船のチケットはすでに手配してある、という。

その手際の良さに万城は舌を巻いた。そして、これが軍の力というものなのだとも思った。のちに万城がテディのために列車の切符を手に入れてやったのは、いわばこの時の赤西の真似をしたに過ぎない。

アメリカから急遽日本へ渡った万城にとって頼みの綱は赤西しかいなかった。だが、赤西が万城にどれだけのことをしてくれるのかまるで予想もつかない。

しかも船旅の間、知り合いになった船客たちからは、先行きが不安になるような話ばかり聞かされた。アメリカの大恐慌は世界中に飛び火し、その経済危機は日本にまで及んでいる、というのだ。

「今、日本では大学を卒業しても、ろくに就職ができないらしい」

そういう話を聞いて、万城は「それならアメリカと同じじゃないか」と思った。アメリカでは大恐慌が起こる前から、日系人は日系人という理由だけでまともな就職口がなかった。万城はいくつもの大学を卒業したが、それでもアメリカの企業は日系人である万城には決して門戸を開いてはくれなかった。

そのアメリカと今の日本とどれほど違うというのか。

唯一の違いと言えば、日本人にとって今の日本は大恐慌前のアメリカのようだが、今の日本は今のアメリカよりはまだましだ、ということだ。だが、アメリカから日本へ行く万城にしてみれば、ろくな仕事のない国からろくな仕事のない国へと移動しているに過ぎない。このままアメリカにいれば、収入の道が途絶えて下手をすれば飢え死にするしかないのだが、だからと言って日本に行っても、アメリカにいた頃と同様、惨めな暮らしをするしかない。そう思うと万城は暗澹《あんたん》たる気持ちになっていった。

そもそも万城が頼りにしている赤西は、日本陸軍の軍人である。もしも赤西が万城に仕事をあてがってくれるとしても、それはおのずと軍関係の仕事ということになるだろう。

軍人と言えば、要するに戦争を生業とする職業だ。そして、戦争とは要するに人殺してである。万城はたとえ人殺しであっても、やらざるを得ないのであればやる覚悟はあったが、自分にそんな大それたことをする適性があるとはとても思えない。

「だったら俺はどうなるんだ？」

万城は日本行きの船に乗りながら毎日悶々と考え続けた。

「結局、俺はアメリカにいた頃と同じように、つまらない仕事をさせられ、それを拒否すれば、ボロ屑のように捨てられるのか――」


日本に着いた万城はてっきり軍関係の仕事に従事させられると思っていたのに、赤西が万城を連れて行ったのは日本放送協会（ＮＨＫ）だった。当時、日本で唯一、ラジオ放送を司る国営の組織である。インターネットはもちろんテレビもない時代のことだ。

ラジオの普及以前は人々は新聞でしかニュースを知ることができなかったが、その新聞ではどれだけ最新のニュースであっても紙面に印刷された時点でニュースが発生してから数時間は経過している。その点、ラジオは何か事が起これば、数分後にはそのことを日本全国に伝えることができる。

昭和初期にあって、ラジオは現代のインターネットに匹敵するほどのメディアだったのだ。しかも、その重要なメディアを当時の日本では、日本放送協会だけが独占していたのである。極論すれば、日本放送協会を牛耳ることができれば、日本人の情報操作も思うがままという状態だった。

日本軍はこのラジオ放送というものがどれほど戦争に役に立つかよく心得ていた。国民に好戦気分を抱かせるのも、厭戦《えんせん》気分に陥らせるのも、ラジオ放送次第なのである。ラジオを重要視しないわけにはいかない。

赤西からあらましの説明を受けても、万城はまだ自分の立場がよく飲み込めていなかった。

放送を使う作戦を軍では〝宣伝戦〟と呼んでいる。赤西が力説する宣伝戦の価値と効果は、万城にも理解できた。だが、その宣伝戦の中で自分は一体何をすればよいのか？

あまりにも不可解な立場に立たされたため、万城は珍しく謙虚になり、赤西に訴えた。

「赤西さん、あなたが説明して下さったことはおおよそ、いや、すべて完全に理解できました。ですが、私にこの放送局で何をさせようというのですか？　私は軍人ではありません。ですから、戦争のことはまるで知りません。ラジオ放送を通じて日本人をプロパガンダするにしても、日本に来たばかりの私には日本の事情や日本人の心情なんてまるで分かりません。その私が軍の宣伝戦に関わるだなんて」

するとと赤西は少しわざとらしいほど驚いて見せた。

「素晴らしいよ、万城君。君のその理解力は」

万城の言葉を誉め称える。

「そうだ。これまで君に説明したことだけなら、君が関われる仕事はここには一つもない」

「やはりそうですか」

万城は少しがっかりしながら答えた。つまり、結局日本でも誰にでもできるようなつまらない仕事をやらされる羽目になるのかと思ったのだ。せっかくすべてを捨ててアメリカから日本へやって来たというのに。

ところが赤西は万城の危惧とはまるで正反対のことを言った。

「だが、だからこそここには君にうってつけの仕事がある。私がこれまで君に説明したのは中波放送の話だ。だが、ラジオには短波放送というものもある」

「タンパホーソー？」

万城はアメリカではもちろんラジオを聞いていた。だが、それはすべてアメリカ国内向け、つまり中波放送だった。短波放送という言葉、英語に直せば『ショート・ウエイブ・ブロードキャスト』という言葉自体、万城は聞いたこともなかった。そんな万城に日本語で短波放送と言っても通じるはずがない。

しかし、赤西はそんなことはとっくに予想済みだった。まるで老獪な教師が出来の悪い生徒にものを教えるように、赤西は続けて言った。

「短波放送のシステムを説明して時間を無駄にするのはやめよう。ただ君に知っておいてもらいたいのは、普通のラジオ放送はアメリカならアメリカの国内でだけ、日本なら日本の国内でだけしか聞くことができないが、短波放送なら日本で放送したものを海外でも聞くことができる、ということだ」

そう言われて万城の脳細胞が急に活性化して動き出した。

短波放送なら日本の放送を海外でも聞くことができる？

そんな放送を一体誰が聞くんだ？

そして何のためにそんな放送をするんだ？

赤西はしばらくの間、無表情な顔で考え込んでいる万城をじっと見つめていたが、初めて万城に向かって笑みを見せ、こう言った。

「日本から日本に有利な情報をアメリカ人に向けて放送するんだ。そのためには、アメリカ英語を母語のように話すことのできる日系人が必要なんだよ」

日本に来てからこれまでのことを懐かしそうに思い出していた万城は、その様子を怪訝そうに窺っているテディに向かって一言つぶやいた。

「テディ、俺は今、赤西少佐の指示に従ってある計画を進めているんだ」

プログラム2

〜一九四一年晩秋〜


その日、テディはいつものように一人で散歩に出かけた。

万城に依頼しているカナダ行きの船の切符がなかなか手に入らない。そのためカナダに帰ろうにも帰る手段がなく、毎日することもなくただブラブラと暮らしている。その憂さ晴らしを兼ねた散歩だった。

テディは何度か万城に切符のことを尋ねた。だが、この時期は軍のコネクションをもってしても外国行きの船の切符はなかなか手に入らない、特に関係が悪化している北米へはなおさらだ、という言い訳が繰り返されるだけだった。それが本当なのか、それとも何か魂胆があっての嘘なのか、テディには判断できない。そう言われてしまえば、テディとしてもそれ以上何とかしてくれとは言い出せなかった。

何しろテディは日本の軍というものがどれほどの力があるのかまるで分かっていない。いや、そもそもテディは日本の事情そのものを知らなすぎた。

その日、神田の外れにある万城の家から初めて少し遠くまで足を伸ばしたテディは、びっくりした顔をして万城の家に帰ってきた。

「どうしたんだ、テディ？」

万城が尋ねると、テディは少し誇らしげな顔でまくしたてた。

「ジョージ、いや、万城さん、今まで知らなかったけど、古本家は日本ではかなり大きな一族らしいね」

「古本家が？　そんな話聞いたことないな」

「いや、本当なんだ。ここから歩いて半時間ほどのところへ行くと、どこへ行っても『フルモトヤ』という屋号を掲げた店がズラリと並んでいる街があった」

「フルモトヤ？」

しばし考えてから、万城はいきなり笑い出した。

「テディ、それは『フルモトヤ』じゃない。『フルホンヤ』と読むんだ」

「フルモトヤじゃなく、フルホンヤ？」

「セコンドハンドブックセラー」

万城は古本屋を英語で言い直した。

「君が散歩で立ち寄ったのは、おそらく神田の古書街だ」

と言って再び笑った。そして、紙に『古本』と書いて、この字には二とおりの読み方があることを説明した。そこでテディはようやく自分の間違いに気がついた。

「君はまるで浦島太郎だな」

　万城はなおも笑いながら言う。

「どういうこと？」

「今のこの日本にまったく対応できていない」

「あ、そう言えば、一つ思い当たることがあったよ。その神田の古書街というところを歩いていると、やたらと人とぶつかるんだ。最初のうちは人が多いからだろうと思っていたんだけど、周りを見ると他の人たちはぶつからずにスイスイ歩いていくんだ」

　すると万城は再びニヤニヤ笑った。

「テディ、それは俺にも経験があるよ。北米出身の日系二世が必ず日本でやってしまうミスだ。君はカナダの習慣どおり、歩道の右側を歩いていたんだよ。だけどね、日本では歩行者は道の左側を歩くのさ」

　これは現代の日本人からすれば奇異な発言に思えるかもしれないが、万城の言うとおり、戦前の日本は歩行者は左側通行だった。起源は古く江戸時代にまで遡る。刀を差した侍同士が道ですれ違う時、右側通行であれば、体の左側にさげている刀の鞘がぶつかる危険性がある。刀は武士の魂だから、鞘が触れ合ったというだけで、よくて口論、下手をすれば殺し合いにもなりかねない。左側通行はそうした無益な諍いを避けるための、論理的かつ日本ならではの風習だった。

日本で歩行者が右側を通行するようになったのは、戦争に負け、アメリカのやり方を導入してからのことである。それでも多くの日本人はいまだに右側通行になじめず、しょっちゅう前から来る人とぶつかりそうになっているのは、左側通行の歴史が四百年、右側通行の歴史はまだ百年にも満たないからかもしれない。

しかし、そんなことは万城にもあずかり知らぬことである。日本でも右側通行をしているテディをひとしきり笑ったあと、万城は急に真面目な顔になると、テディに言った。

「だがね、これからあと十年か二十年もすれば、カナダやアメリカも日本のように歩行者は左側を歩くようになるよ」

「どうして？」

「日本が世界のトップに君臨するようになるからさ」

万城は隙あらばこういう話をテディに聞かせた。これから世界は国家が対立する時代から、大きな一つの塊になる時代がやってくる、その時、世界の中心になるのは日本だと言うのだ。

万城に言わせると、アメリカやカナダにはもう未来はないのだそうだ。なぜなら、「白人たちは人種差別主義者だからだ。そんなアメリカ人やカナダ人が世界のトップに立てるはずがない」

　これが万城の理屈だった。

「その点、日本はアメリカとはまるで違う。人種の違いを超えて、世界の国々を一つにまとめようとしている」

「そんなことが本当にできるものか？」

　思わずテディが万城に尋ねると、万城もさすがに言いすぎたと思ったのだろう、自説を少しばかり修正した。

「いくら日本が優れた国であっても、今すぐ世界を一つにまとめるのはもちろん無理だ。だから、日本がまず目指しているのが八紘一宇なんだよ」

「ハッコーイチウ？」

「今、アジア諸国はアメリカやイギリスによって植民地にされてしまっている。そうしたアジアの国々を日本が白人たちの国から解放してやり、二度と白人たちに支配されないように、アジアが一丸となって一つの共栄圏を作るんだ。もちろんそのためにはトップに立つ者が必要だ。そこで、日本がアジアの盟主になってアジアを一つにまとめる。今の日本がやろうとしているのが、この八紘一宇なんだ」

「だったら、どうして今の日本は同じアジアの支那と戦争をしているんだ？　言ってることとやってることが矛盾してるじゃないか」

　テディが尋ねると、万城は顔をしかめた。

「日本は支那と戦争なんかしていない」

「でも、実際に日本軍は支那に行って、戦争をしている」

「君は何も分かっていないな」

　苛立たしげに万城は言った。

「支那は古い国で、いまだにその古くて悪しき封建制度を引きずっている。そこから利益を得ているのはトップにいる連中ばかりで、支那の大衆たちは苦しんでいるんだ。そこで日本は支那の大衆たちに救いの手をさしのべ、彼らを古い体制から解放させてやろうとしたんだが、今利権を貪《むさぼ》っている支那のトップはそれが気に入らない。支那の大衆を救うために支那へ行った日本軍に対して、支那の悪しき官僚どもは戦いを仕掛けてきた。そこで、日本は支那人のためにやむなく支那を攻めているんだ」

「もしも日本が支那の大衆を助けるために戦っているんだとしても、それでも日本が支那と戦争をしていることに変わりはないじゃないか」

「違う！」

　興奮した万城はテーブルの上を握り拳で叩いた。

「いいか、テディ。戦争というのは五分五分の力を持った国同士がやることだ。だから、日本がアメリカと戦争をすることはあっても、日本が支那と戦争するなんてことはあり得ない。日本は一等国で、支那は二等国だ」

「国に等級なんてあるのか？」

「もちろん、ある」

万城は悪びれずに断言した。

「日本は一等国、アメリカも一等国。そして、支那は二等国だ」

「だけど、実際に今だって一等国の日本が二等国の支那に……」

「あの戦いを我々は『事変』と呼んでいる。支那で起きている事変だから支那事変だ。事変は戦争じゃない」

「事変と戦争とはどう違うんだ？」

「戦争は宣戦布告によって行われる、ある意味堂々とした戦いだ。事変は言ってみれば、国家の間の事件とか事故のようなもので、突発的に起きたものに過ぎない」

「その小事件が何年も続いているのを戦争と言うんじゃないのか？」

「テディ、君がそんな皮肉を言う人間だとは思わなかったな。君が自分のことを何人《なんぴと》だと思っているか知らないが、それでも君の体に流れているのは、紛れもなく日本人の血だろう？　だったら、同じ日本人が日本のために戦っているのを、どうして肯定的にとらえようとはしないんだ？」

「戦争が嫌いだからだ」

「そんな感傷的なことを言っていたら、この二十世紀という時代を生き抜いていくことなんてできないぞ。君みたいなことを言う日本人がいるから、いつまで経っても日本は支那を抑えることができないんだ」

「じゃあ、やっぱり日本は支那と戦争しているんだね?」

テディにしつこく食い下がられて、さすがに万城も絶句した。それに勢いを得たわけではないが、さらにたたみかけるようにテディは言った。

「百歩譲って、日本が支那と戦っているのは戦争ではないとしても、それは結局、白人の代わりに日本がアジアの国々を侵略し、植民地にするということじゃないのか?」

「それはさっきからそうじゃないと言っているだろ。日本と白人とではやり方が断じて違うんだ。白人は人種差別主義だ。彼らはアジア人を差別しているからこそ、アジアを侵略し、植民地化する。だが、日本人から見れば、アジア人は同胞だ。同胞の国をどうやって侵略し、植民地なんかにできるんだ。その証拠に、日本人が他の国の国民を差別しているところを君は見たことがないだろう?」

それはたしかにそのとおりだ。テディは白人が日系人を差別しているところなら嫌というほど目撃してきたし、実際にテディ自身が白人から差別されたことも何度もあったが、日本人が外国人を差別しているところを見たことはない。

だが、そもそも日本に来て以来、テディは外国人の姿を見たことがないのだ。存在しないものを差別する場面など目撃できるはずがない。

ところが、日本人もある意味外国人を差別していることをテディは知っている。日本人の差別の対象は白人だ。日本人は潜在的に白人を恐れ憎んでいる。それは熊本の益田家に帰った時に、テディが肌身にしみて感じたことだった。彼らはテディが「カナダ」という言葉を口にするだけで、まるでそこが悪魔の住み家のように感じているのがありありと分かった。

しかし、そんなことまで万城に話す気にはなれない。結局、テディと万城はこの手の話になると、いつも平行線をたどるだけだった。それでもテディが万城の家を出ていこうとしなかったのは、ひとえにカナダ行きの切符欲しさのためだった。

実際にテディが自分で密かに調べてみた限りでも、たしかに今カナダ行きの船便の切符を手に入れるのはかなり難しいらしい。となると、テディとしては万城のコネクションに頼らざるを得ない。

「早くカナダに帰りたい」

テディの考えることはただそれだけだった。

そんな時、テディに思わぬ手紙が届いた。

それはある意味よくない知らせではあったが、テディにとっては朗報と言えないこともなかった。

益田家の祖父母が心変わりをして、カナダに行ってもいいと言ってきたのだ。その手紙の内容をひと言で言えば『このまま日本にいてもどうにもならないので、できれば忠義が申し出てくれたように、私たちをカナダで世話してもらいたい』というものだった。あれほど頑ななまでにカナダ行きを拒否していた二人が、今度は自らカナダへ行きたいと言ってきたのである。

どうやら、職業軍人として出征していた金太郎の亡き兄の長男が、激化する支那戦線で戦死したらしいのだ。戦争がすぐに終わり、戦地から彼が帰ってくることを待っていた祖父母にとって、長引く戦況と挙句の果ての跡取りの戦死が、彼らを絶望させたのだろう。

家に残された老いた祖父母だけでは、この先稼業を切り盛りしていくのは不可能だった。

もちろんテディは祖父母のその申し出を喜んで受け入れた。何しろテディはそのために日本にやって来たのだ。

だが、ここで新たな問題が発生した。

テディの当初の考えでは今回の来日は、祖父母を説き伏せ、カナダに行くという約束を取り付けるだけの予定だった。その後、いったん自分一人がカナダに帰り、祖父母を受け入れる準備を万端整えたあと、カナダから益田家へ旅費を送るつもりでいた。

ところが、祖父母からの手紙を読む限りでは、なるべく早いうちに今いる熊本から出ていきたいらしい。どうやら、事態はそれほど逼迫しているようだ。

そうなれば、カナダの古本家に至急連絡を取って、テディ抜きで益田家の受け入れ準備をしてもらわなくてはならない。益田家の祖父母をカナダへ連れていく旅費に関しては、古本家から送ってもらうことにすればいい。

だが、肝心の彼らの切符をどうすればよいのか？

テディは自分の分の切符すら手に入れられず、仕方なく万城の家に居候をしているくらいだ。益田家の祖父母の分まで切符を手に入れられるはずがない。

だが、こういう場合、相談できる相手もテディには万城しかいなかった。

そこで、テディは自分が日本に来たわけを、この時はじめて万城に打ち明け、益田家の祖父母の切符も手に入れられないか頼んでみた。

すると、万城はしばらく考え込んだあとにつぶやいた。

「テディ、君も知ってのとおり、今は君の分の切符すら手に入れることが難しい状態だ。だから、さらに二人分の切符まで手に入れるのは正直言って難しい。手に入れられないことはないが、もう少し時間がかかるんだよ。だけど、テディ、君の話だと君の祖父母はそれだけの間待ってるだけの余裕がないみたいだな」

「そうなんだ」

「テディ、こんなことを言っては気を悪くするかもしれないが、今祖父母がカナダへ行こうとされているのは、要するに金の問題じゃないのか?」

万城にそう聞かれて、テディも素直にうなずいた。

「おそらくそうだ。二人が経済的に困っていると聞いたので、僕も日本にやって来たわけだし」

「そうか、それならしばらくの間、一家を支える程度の金を渡せればいいんじゃないのか? そうすれば、しばらくの間は熊本にいることもできるだろうし」

「それはおそらく、そうだろう。だけど、僕は今それだけの金を持っていない」

テディが万城の思惑を把握しきれないままそう言うと、万城は口の端にだけかすかに笑みを浮かべた。

「だったら、どうだろう。君が東京にいる間だけでも働いて、その金を熊本の家にお渡しすれば?」

「僕が東京で働く? だけど、僕は日本でできることなんて何もない」

「いや、それがあるんだ。そして、もしも君がそれをやってくれるんだったら、支度金としてまとまった金を君に渡す代わりに、その金を熊本に送ることもできる」

そう言って万城はニヤリと笑った。もしかすると万城はこういう機会を待っていたのかもしれない。

万城から常々聞かされている話から、彼が軍の関係の仕事をしていることはテディもうすうす気がついてはいた。

であれば、万城がテディに紹介する仕事というのは、おそらく軍関係のものだろう。テディは戦争が嫌いだった。とりわけ人種間の戦争というものに対して、強烈な嫌悪感を感じていた。

軍の仕事とは戦争である。

だったら、僕は戦争の手伝いをするのか？

そう考えると、テディはゾッとした。だが、益田家の窮状をこのまま何もせずに見ているわけにもいかなかった。

万城は約束どおり、益田家へまとまった金額を送ってくれた。テディはそのことについては万城を欠片も疑っていたわけではない。だが、実際に益田家から万城様気付古本忠義様宛の手紙が届き、送ってもらった金のことでくどいほど礼を述べている文面を見て、テディはようやく安堵した。

テディがやりたかったことを厳密に言えば、祖父母をカナダへ連れていくことではなく、彼らを経済的に救うことだった。であれば、これで一時的とはいえ、その望みは達したことになる。

だが、その代わりにテディは万城に借りを作ることになってしまった。万城がテディのために立て替えた金は、テディが万城のために仕事をすることで返す約束になっている。

もう少し気持ちと時間に余裕があれば、カナダにいる養父母に九州の益田家の事情を伝え、カナダから金を送ってもらうこともできただろう。だが、益田家からもらった手紙の文面を見る限り、事態はかなり切迫していて、そんな悠長なことは言っていられなかった。

遅まきながら今からでも、カナダから送金してもらい、その金を万城に返すということを考えないでもなかったが、それでは万城の好意を金銭尽くで解決することになってしまう。

万城はテディが東京で働くのを条件にあの金を出してくれたのだ。ただ金を返せばすむという問題ではない。そういうふうに考えるあたりは、テディはカナダ育ちとはいえ、どこまで行っても日本人だった。

それにテディは仕事をして金を返し、カナダ行きの船の切符が手に入れば、益田家の人たちを連れてカナダへ帰るつもりだった。そのチケットを手に入れるためにも、万城の気分を害するわけにはいかない。

万城がテディにどんな仕事をやらせようとしているのか、まったく想像もつかなかったが、テディはしばらくの間でも、東京で万城に言われるがままその仕事をせざるを得ないのだ。

　テディがそんなことを考えているうちに何日かが瞬く間に過ぎていった。

「ようやく君に仕事をしてもらう準備が整った」

　万城がテディにそう言ってきたのは、益田家からテディ宛に礼状が届いた十日後のことだった。

「もちろん僕は何でもやるつもりだ。でも——」

　テディは万城に言った。

「僕は戦争に関わることはしたくないんだ。これだけはどうしても理解してもらいたい」

　すると万城は愉快そうに笑った。

「戦争だって？　おい、テディ、今、この世のどこで戦争が起きてるんだ？」

　万城は大袈裟に両手を広げて呆れて見せた。その仕草はいかにもアメリカ人らしくて、そういうところは万城は何年日本で暮らしても直らない、というか、直す気がないようだった。万城は十年近く日本に住みながら、それでもまだ完全に日本人にはなりきれていないのだ。

「戦争は今でも行われている。この前も言ったじゃないか、あの日本と支那の……」

テディがそこまで言いかけると、万城はテディの言葉を遮った。

「支那事変は事変であって戦争ではないと、この前も君に説明したよな?」

そう言うなり、テディをじっと見つめた。

「百歩譲って、支那事変が戦争だとしても、その戦争で君に何の仕事をしてもらえるって言うんだ? 君は支那のことなんか何も知らないだろ? そんな人間が対支那の戦争で何ができる? それとも君は一兵卒になって、支那の戦地で支那兵相手に戦ってくれるとでも言うのか?」

ここで万城はようやく再び笑みを見せた。

「そんなことじゃあ、俺が立て替えた金は返せやしないよ。何しろ兵隊なら赤紙を一枚送るだけで召集することができる。切手代が一銭五厘、兵隊一人を集めるのに必要な金はそれだけだ。君に立て替えた金があれば、何百人という兵隊を召集することができる」

万城は残酷なことをあっさりと言い放った。

「じゃあ、君は一体僕に何をやらせるつもりなんだ?」

「俺は君に言ったことがあるよな? 俺は今、陸軍の赤西少佐という人のもとで働いている。その仕事を手伝ってほしい」

「軍の仕事というのは、結局、戦争絡みの仕事じゃないのか?」

「テディ、君は相変わらず頭が固いな。しかも、俺の言うことをまるで聞いちゃいない。いいか、何度でも言うぞ。日本陸軍の考えでは、今まだどこにも戦争は起きていない。少なくとも日本はどの国とも正式な戦争状態にはない。この世には戦争なんてものはまだ起きていないんだ。存在しない戦争に絡んだ仕事があると思うのか?」

「じゃあ、軍の仕事というのは何だ?」

するとと万城はテディの無知を笑うように口の端を歪め、背広の内ポケットから葉巻を取り出すと、口に咥えて火をつけた。

「テディ。俺は葉巻が好きでね。日本に来て一番困ったのが、こういう上質の葉巻がなかなか手に入らないことだった。君を横浜まで出迎えにいっただろう?　あの時も横浜でようやくこの葉巻を手に入れて、それだけでも君を迎えにわざわざ横浜まで行った甲斐があったと思ったよ」

「そんなことよりも肝心の話を」

「だから、これが肝心の話なんだ。いいかテディ、日本で葉巻が手に入りづらいのは、葉巻が輸入品だからだ。もしも戦争が起きたら、葉巻なんて贅沢品を輸入する余裕はなくなる。そうすると、俺は二度と葉巻が吸えなくなる。そうなったら、俺は困るんだ」

「そんなことは僕の知ったことじゃない」

「ああ、君は葉巻を吸わないからな。だけど、君だって俺と同じように輸入品に頼って生活はしているんだぜ。たとえば石油だ。覚えているか？　俺は君を出迎えに横浜まで行った。折角君がカナダから日本までやって来たんだ。せめて横浜から東京のうちの家くらいまでなら、混んでる列車じゃなくて、車で君を連れていきたかった。ところが、それができなかったんだ。俺が貧乏だからじゃないぞ。タクシーがね、最近は遠距離の移動を嫌がるんだ。都内の移動ですら乗車拒否されることがある。ガソリンがいつ手に入るか分からないからさ」

「今日本ではガソリンを売ってないのか？」

「そんなことをしたら、タクシーそのものがなくなってしまう。君が散歩で表に出る時にはタクシーをちょいちょい見かけるだろう？　まったくないわけじゃないが、ガソリンは統制になっているんだ」

「トーセー？」

「コントロールド」

万城は英語に訳して続けた。

「政府が民間に売る量を制限してるんだよ。そこで車を動かすのが仕事のタクシーにすらガソリンを売り惜しんでいる。ちっぽけなタクシーですらその始末だ。そんな国に、旅客船に使う石油なんてあると思うか？　つまり、この状態が続いたら、君は事実上カナダには帰れなくなってしまうんだ」

「僕のためにも石油が必要なのは分かった。だけど、万城さん、どうして日本はそうまでして石油を統制したりしてるんだ？」

「それは戦争のためだ。何しろ、戦争をするには石油が要るからね。石油がなければ軍艦も動かない、戦闘機も空を飛ばない、兵士を戦場へ送ることすらできない。石油がない国は戦争をする資格すらないんだよ。軍のお偉いさんなんかはガソリンのことを『日本の血だ』とまで言ってるくらいだ。だから、戦争のために今のうちから石油を備蓄して、無駄に消費しないようにしているんだ」

「君は言ったじゃないか。日本は今戦争なんかしてないって。僕が支那と戦争をしていると言っても君は否定した」

「そうだ。日本と支那との間のいざこざはあくまでも事変であって、戦争ではない。さっきから言ってるだろ。日本は今は戦争はしていない。だけど、日本人のお偉いさんの大半はもうじき戦争が起きてもおかしくないと思っている」

「どこと戦争をするんだ？」

「そりゃあ、決まってるじゃないか。アメリカとだよ」

そう言った時、万城の表情がにわかに曇ったのをテディは見逃さなかった。

「分かるか、テディ、日本人はアメリカと戦争をしようとしているんだ。まったくもって馬鹿げた話じゃないか。俺は今日本にいる誰よりもアメリカのことをよく知っている。何しろ生まれて育った国だ。知らないはずがない。あれだけ豊かな国は他にないよ」

万城はアメリカを我が母国のように誉め称えた。いや「母国のように」ではなく、事実、万城にとってはアメリカは母国なのだ。

「だけど、そのアメリカと日本は戦争をしようとしているんだね？」

「いいや、正確には少し違う」

万城は断言した。

「日本はアメリカと戦争なんかしない。勝てるはずがないからだ。今言ったガソリン一つ取ったってそうだ。今、日本の石油の大半はアメリカから輸入している。それなのに、そのアメリカと戦争なんか始めたらどうなると思う？　まさか戦争相手の日本にアメリカが石油を輸出してくれるはずがないから、たちまち日本は石油が手に入らなくなる。そうしたら、その時点で日本は手も足も出なくなってしまう。戦争の素人の俺ですらこの程度のことは分かるんだから、日本の政治家がいくら馬鹿でも、アメリカを相手に戦争なんてやろうとするはずがない」

「日本が戦争を仕掛けないのだったら、アメリカとの戦争が起こるはずがないじゃないか」

「日本が戦争を仕掛けなくても、アメリカが戦争を起こすという可能性はある」

万城はテディを睨みつけた。まるでテディがその戦争を起こすかも知れないアメリカであるかのように。

「その証拠に赤西少佐から聞いた話だと、今アメリカの海軍はハワイにアメリカ艦隊の大半を集結させているそうだ。ハワイというと日本からは遠いように感じるかもしれないが、アメリカ艦隊の能力を考えれば、日本とはほんの目と鼻の先だ。アメリカがハワイに艦隊を集めるというのは、日本の喉元にナイフを突きつけて、日本を脅しにかけているも同然なんだ。これでは、いつアメリカが日本に戦争を仕掛けてもおかしくはない」

「だったら、日本はどうすればいいんだ？」

「そのために今、俺たちが働いている」

ようやく会話が始めの話題に戻ってくる。

万城は微笑みながらテディを見た。

「俺は以前君に言ったよな。俺は赤西少佐のもとで軍の仕事をしている。軍の仕事と言えば戦争絡みの仕事だが、俺の仕事は軍の仕事であっても戦争絡みの仕事ではない。それは戦争を避けるための仕事だ。今アメリカと日本が戦争を起こさないようにするために毎日働いているんだ。それが今の俺の仕事なんだよ」

　これにはテディも驚いた。

「そんな仕事があるのか？」

「あるからやってるんだ」

「僕は君のことを誤解していた。君はもっと、その、なんて言うか、もっと好戦的な人間だと思っていたよ」

　テディが正直に打ち明けると、万城は嬉しそうに笑った。

「今、俺がやっている仕事は俺の利害にもぴったり一致するんだ。なぜって、アメリカと日本が戦争になってしまったら、俺はもう二度とアメリカに行くことができなくなってしまう。だけど、それでは俺が困るんだよ。俺は日本とアメリカが以前のように友好関係を結んでいてもらいたいと思っている。そして将来は日本にアメリカをしのぐほど大きな国になってもらいたい。そうすれば、日本で権力を得た俺はアメリカに錦を飾ることができるだろう。その時だよ、俺をさんざん馬鹿にした白人たちを俺が見返すことができるのは」

　その話を聞いて、万城ほど歪な愛国者はいないとテディは思った。万城は日本を憎み、アメリカを愛している。そしてだからこそ、自分を受け入れてくれなかったアメリカを憎み、その憎しみを日本で得た力によって晴らそうとしている。万城ほどアメリカと日本を憎みながら、どちらの国も愛している者はいないだろう。その歪な感情が万城の性格を作り上げているのだ。

だが、歪であるからこそ、万城は切ないほどに日本とアメリカの間の平和を望んでもいる。そういう意味では万城もまたまごうことなき平和主義者と言えるだろう。そして、その平和主義者として自分の理念を貫くために仕事をしていると万城は言う。

「そんな仕事なら手伝ってもいい。いや是非手伝ってみたい」

テディは思い、思ったことをそのまま口にした。

「君の言いたいことはよく分かった。で、僕は一体何をすればいいんだ?」

「君にはアナウンサーをやってもらいたいんだ」

万城はまたしてもテディには予想もつかなかったことを言いだした。

「俺は今、日本放送協会で対米宣伝放送を進めているんだよ」


次の日、万城はテディを彼の職場へ連れていった。目的地は日本放送協会のビルである。どうやらここが万城の職場らしい。

『出世階段』で有名な愛宕神社の隣の高台にあり、鉄筋コンクリート四階建ての建物だ。正面玄関の上にはコールサインである『JOAK』の看板が掲げられている。

毎日通っている会社だから当たり前だが万城は馴れたもので、スイスイとテディを三階まで連れていくと、表に『海外部』と書いてある部屋のドアを開け、中の様子をテディに覗かせた。

ビルのワンフロアをほとんどぶち抜きにして使用しているだだっ広い部屋の中を、百人以上もの人が忙しそうに立ち働いている。

皆、それぞれの仕事に忙しいのだろう。万城がテディを連れて部屋に入ってきても、誰もそちらを振り向こうともしない。また、万城のほうもそんなことはまるで気にかけていない様子だった。

「とりあえずここが、これからの君の職場だ」

万城にそう言われてもテディには今ひとつ実感が持てない。そもそも万城はテディにアナウンサーの仕事をしてくれと言ったのだ。ここで働いている人たちは、どう見てもアナウンサーではない。すると万城が補足してくれた。

「といって、君がここで仕事をするというわけではないんだ。ここは表にも書いてあった通り日本放送協会の海外部でね、君の所属がここになる、というだけのことだ。だが、ここで働いている人間が一丸となって、君をバックアップすると考えてくれてかまわない」

そう言うなり、これでここでの用事はすんだとばかりに、万城は四階へテディを連れていった。そこは三階とは打って変わって、フロアが細かくいくつもの部屋に分かれており、万城はその中の会議室と思しき一室へとテディを案内した。

万城が先に立って、部屋のドアを開ける。その途端万城が驚いた声を上げた。

「もういらしていたんですか。すみません。ノックもせずに」

どうやら万城がその部屋で待つつもりでいた人が、先に来ていたらしい。

万城はいつもの尊大な態度もどこへやら、慇懃《いんぎん》に腰をかがめるようにして部屋に入り、背後のテディに向かって囁いた。

「この方が赤西少佐だ」

テディも万城にならってかしこまって頭を下げた。ソファに深く腰かけた赤西は鷹揚に軽く会釈しただけで、何も言わない。万城もテディを赤西に紹介しようとはしなかった。おそらくテディのことはすでに赤西に話がしてあるのだろう。

「はじめまして」

握手をしようとして右手を差し出すと、赤西はその手を無視して再び軽く頭を下げた。

「赤西です」

穏やかな声で丁寧に挨拶した。テディは西洋式の挨拶をしようとした自分が恥ずかしくなった。ここは日本で、自分もこの人も日本人なのだ。であれば、日本式に挨拶をするのがここではもっとも正しいやり方だろう。テディは慌てて頭を下げた。

テディが日本の軍人と話すのはこの時が初めてだった。街中で見かけてはいたが、話しかけることはもちろん、敬遠して近寄らないようにしていた。

赤西少佐は立襟にブーツという軍服姿で、傍らには軍刀が置かれている。そのいで立ちにテディは身を硬くしたが、赤西の口調はおよそ軍人らしからぬ柔らかなものだった。

「万城君から君の話は聞いている。ご親族の窮状を見かねて、それを助けるためにわざわざカナダから日本にやって来たんだってね」

いかにも感心しているという声で言った。

「強い者が弱い者に手をさしのべてを助けてやるのが大和魂の根本だと私は常々思っている。古本君、君はまさにその大和魂を体現したわけだ」

「ありがとうございます」

テディは赤西の物言いに違和感を覚えたが、ここではこう返答するより他ない。そこへ万城が口を挟んだ。

「赤西少佐、古本君が大和魂を持っているのは当然ですよ。何しろ彼はカナダ育ちとはいえ、暮らしていたのは日本人街です。この日本人街では日本の風習が頑ななまでに守られています。畳を敷き詰めた日本式の住居に住み、白米、味噌汁という日本式の食事をとり、礼儀作法から言葉遣いに至るまで、日本にいる時と寸分違わず、いいえ、それどころか日本から遠く離れた異郷にいるからこそ、親たち日系一世は子どもたちに正しい日本の姿を伝えようと、日本にいる日本人よりも我が子を日本人らしく育てるのに腐心しております。もちろんそこには大和魂も含まれているわけでして」

「確かに外国に住んでいる日系人のほうがかえって日本文化を遵守しているのかもしれないね。日本にいれば、それだけで自分は日本人であると安心してしまい、安直に外国文化にかぶれる輩が出てきたりする。そして肝心の大和魂を忘れてしまう」

「おっしゃるとおりです」

「だが、その傾向も支那事変が始まってからは、かなり改まったようだ」

「事変のおかげで軽佻《けいちょう》浮薄《ふはく》な輩も、自分が日本人であるという認識を新たにしたのでしょう」

　そう言って万城はお追従のような笑みを浮かべた。

　二人の話を横で聞きながら、テディは違和感を覚えていた。

　赤西という男はどうやら『大和魂』という言葉がお気に入りのようだ。そして、実はテディもまた大和魂という言葉が好きなのである。

　青春時代、バンクーバー朝日の投手として苦しい戦いを続けられたのも、大和魂を持ち続けたからだと思っている。

　だが、テディが知っている大和魂と赤西の言う大和魂はまるで違うもののような印象をテディは感じていた。

　バンクーバーの日本人街で育ったテディは、日本に住む日本人より日本人らしかった。異国に住むことで、日系一世たちは子どもである二世たちが外国文化にかぶれないように、日本にいる日本人の親たちよりも厳格に子どもたちに日本文化を伝えてきたのだ。

　とはいえ、子どもたちは親たち一世とは違って、物心がついた時分からカナダで暮らしているため、一世よりもカナダ人との接触が多く、しかも英語をほとんど母語のように話している。

　彼ら二世たちは一世から日本の文化を徹底的に教育されはしたものの、日本で生まれ育った日本人の子どもとはやや違った理解の仕方をした。親たちから日本語で教わったことをいったん英語に翻訳し、そこからもう一度日本語に訳し直すというようなやり方で。

　大和魂という言葉にしても、テディはそれをまず「フェアネス」だと理解した。そして「フェアネス」とは「卑怯な振る舞いをしない」ということだと考えた。

　では「卑怯な振る舞い」とは何なのか？

　日本にいる日本人の子どもたちと違って、バンクーバーで育ったテディたち日系二世は、基本的に被差別階級に属していた。差別をするのが白人であり、差別をされるのが日系人だ。日系人であるというただそれだけの理由でいわれもない差別を受ける。そうした境遇の中で「卑怯な振る舞いをしない」という大和魂をプリンシプルとして持つことは、日本にいて大和魂という言葉を軽々しく口にするよりもはるかに難しい。

　差別することこそ卑怯な振る舞いなのに、カナダの日系人はそれを甘んじて受け入れなくてはならないのだ。その上で、自分たちは卑怯な振る舞いをしてはいけない。

　テディにとっての大和魂とは、まず「許す」ということが大前提にあった。相手がどれほど愚かな振る舞いをしようとも、それを許してやる。相手が卑怯であっても、自分たちは卑怯なことはしない。それがテディの理解する大和魂だ。

　だが、赤西の言う大和魂はそうではない。それは常に自分が優位に立っている者が持つ大和魂だ。テディの大和魂が「許す」ものであるとすれば、赤西のは「施す」ものだろう。テディは大和魂というプリンシプルにのっとって卑怯な振る舞いをしないよう自己を制御しているが、赤西の大和魂は他人に卑怯な振る舞いをさせないための警告のようなものだ。

　ほんの短い会話のやりとりでしかなかったが、赤西と万城が軽々しく大和魂という言葉を持ち出した時、テディはそのように感じた。

　であれば、万城がこの前テディに語った「平和」という言葉も、テディが頭の中で描いているものとはまるで違うものかもしれない。

だが、今は言葉の意味を議論する時ではない。テディは今、万城への借りを返すために、仕事を斡旋されているところなのだ。テディは黙って赤西の言葉を聞くしかなかった。

赤西は得々とした顔でテディにこれからの仕事の説明を続けた。

「君は今、我が国が世界でどんな状況に立っているか分かっているかい？」

「ええ。日本に来てまだわずかですが、人並みには分かっているつもりです」

万城家に居候しているテディは、家に届く新聞を熟読している。世界でも日本でも、きな臭い風が吹き荒れているのだった。

破竹の勢いでヨーロッパ各地に進行していたナチス・ドイツが、ついに一九四一年六月、不可侵条約を無視してソ連に侵攻。

ソ連は連合国側に加わり防御態勢を整えるが、ナチスは九月十九日にキエフを占領し、同月二十九日にはついにモスクワへの攻撃が始まる。

一方日本でも、欧米列強との対立をどんどん深めていた。

一九四一年の四月に日ソ中立条約が成立し、アメリカのハル国務長官と、拡大する支那戦線の解決に向けた和平交渉が始まるが、難航する交渉に陸軍大臣・東條英機を筆頭とする軍部が反発。軍部との調整ができなくなった第三次近衛文麿内閣は十月十六日に総辞職し、翌々日には東條内閣が発足する。

支那大陸だけでなく、アメリカとの戦争すら、リアルに感じられるようになっていたのだ。

「万城君からも大まかな話は聞いているとは思うが、私が今手がけているのは、アメリカ人を厭戦的な気分にさせるという仕事だ」

「エンセンテキ？」

テディは慌てて聞き返した。

「戦争をやりたくないという気持ちにさせるんだ。我々の情報操作によってね」

赤西は自分の仕事がいかに高度で知的であるかということを内心誇っているようだった。そして、その誇らしげな内心がはからずも、顔の表情にはっきりと現れていた。

「この前の世界大戦のことを、古本君は覚えているかな？」

赤西にそう聞かれて、テディは一瞬にして当時のことを思い出した。

赤西の言う「この前の世界大戦」とはのちに「第一次世界大戦」と呼ばれるようになる、人類が始まって以来初めての世界規模の戦争のことだ。ただし、当時は世界大戦と言えば、史上ただ一度しか起きていないのだから、「第一次」とは言わない。

始まったのは一九一四年、テディが十四歳の時であり、バンクーバー朝日が結成された年だ。

「よく覚えています」

テディがそう答えると、赤西は意外そうな顔つきをした。

「それは感心だ。だが、君は当時まだ子どもだっただろう？　それに君が住んでいたカナダは大戦とは直接関わっていないはずだが」

「いえ、それでも戦争の影響は大きかったです。おっしゃるとおり、僕は当時まだ子どもでしたから、戦争の詳しいことはまるで分かっていませんでした。ですが、戦争が起きたことによって、僕たち在カナダ日系人の立場がずいぶん変わったのは肌身にしみて感じました。それまで差別的だったカナダ人が、あの戦争をきっかけに急に日系人に対して優しく接するようになってきましたから」

テディがそう言うと、赤西はすぐに切り返した。

「ああ、そうか、日英同盟だね」

「そうです」

「あの世界大戦は結局ドイツ対イギリスの戦いで、イギリスはカナダの宗主国、そして日本は日英同盟の関係から、イギリスの同盟国。つまり、日本もカナダもドイツの敵でイギリスの味方だったというわけだ」

「ですから、カナダ人は戦争の間だけ日系人を仲間扱いしてくれました。戦争が終わって、カナダの兵隊がカナダに帰ってきてからは元の木阿弥になってしまいましたが」

テディがそう言うと、赤西は皮肉な笑みを浮かべた。

「しかし、一時的にでもカナダ人は世界大戦のおかげで日系人に対して友好的な気持ちを抱いたわけだ。面白いね。戦争というのは何も国と国が戦うだけじゃない。国と国を結びつける側面も持っているんだ。だからね、古本君、私はあながち戦争を否定したりはしないんだよ。戦争にはあってもいい戦争と、ないほうがいい戦争とがある」

いかにも軍人らしい物言いをした。

軍人は戦争が仕事だ。だから、それを良し悪しや要不要で区別することができるのだろう。その考えを推し進めていけば、この戦争はやる価値のある良い戦争だから是非するべきだ、という発想にも繋がる。

だがそれは危険な考え方だとテディは密かに思った。すると、そこはさすがに人の上に立つ者だけあって、赤西は人の心を見抜くのが得意らしく、慌てて言い添えた。

「しかし、日本とアメリカの戦いはないほうがいい戦争だ。だから、私はその戦争が起こらないように今、全力で立ち向かっているところだ」

そう言われてテディは少しだけ安心した。赤西の言葉を信じるのであれば、テディは戦争をする側に荷担しないですむ。

赤西はテディが納得したのを見て言葉を続けた。

「ところが、その戦争を避けるための戦争というものがある」

「戦争を避けるために戦争をするのですか？　それは矛盾しているのでは？」

「まったく矛盾はしておらんよ。その戦争というのは、武器を使わず、人を傷つけず、都市を破壊しない戦争だからね。この戦争を我々は『宣伝戦』と呼んでいる」

赤西少佐は誇らしげに言った。

「宣伝戦では武器の代わりに放送を使う。アナウンスする者が兵士であり、その声とそこで語られる文言が武器となる。この宣伝戦によって、我々はアメリカとの戦争を回避するのだ」


それからテディは赤西の言うところの宣伝戦の仕事を手伝うことになった。もちろん赤西は仕事の現場には出てこない。赤西は軍人で、万城の身分は日本放送協会の社員なのだ。陰のフィクサーである赤西の意向を汲み取り、それを放送の現場で指揮するのはすべて万城の仕事だった。当然、テディに仕事を教え、テディの相手をするのは万城である。

「俺たちが従事する対敵宣伝作戦は陸軍参謀本部の管轄になる。以前から外務省情報局のラジオ室が短波を使った作戦を試みてはいるが、彼らとはまったく関係ない。俺たちの規模と比較しても、相手にするような組織ではない。

この作戦は東條閣下と内閣から、赤西少佐が直接命令されたものだ。失敗することは絶対に許されない」

さらに、万城は宣伝戦の具体的な内容をテディに懇切丁寧に説明した。その内容は実にシンプルであった。

日本からアメリカにいるアメリカ人に向けて、〝貴重な〟情報を短波のラジオ放送によって流すのである。放送内容は日本語ではなく英語で行われる。だから、このラジオ放送は短波受信機さえ持っていれば、アメリカ人であれば誰でも聞くことができる。

軍人である赤西が「情報」と言うからには、それはてっきり〝極秘の〟情報だとテディは思っていたが、そうではなかった。万城が現場でテディに懇切丁寧に説明してくれたように「情報には二種類ある」のである。

「一つは、君が言うように敵に知られては困る情報で、もう一つはあえて敵に聞かせるための情報だ。宣伝戦とはこの二つを車の両輪のように使ってこそ効果を発揮する。そして、俺たちが主に手がけているのは後者のほうの情報、仮想敵国、つまりアメリカにわざと聞かせるための情報だ」

その情報とは具体的には反戦メッセージだった。

『戦争は無益だ』

『戦争が始まったら、徴兵されて戦地に送られ、そこで戦死するのはあなたかもしれない』

『日本の軍隊は世界でも一、二を争うほどの軍備力がある』

『その日本と戦争をやっても負けるに決まっている』

こうした内容をある時はニュース風に、ある時は寸劇風に、またある時はリスナーに語りかけるＤＪスタイルで話をする。

この仕事を実現するために、万城は下準備を進めていたのだった。

初めて日本放送協会のスタジオに連れていかれ、そこで万城から具体的な仕事の内容を聞かされた時、テディの顔に戸惑いの表情が浮かんだのだろう、馬鹿にされたと思った万城は、唾を飛ばさん勢いでテディに向かってまくしたてた。

「俺がマイクに向かってこんなくだらないことを喋って、それが戦争とどう関わりがあるんだって、君は思っているかもしれない。だが、そう思うのは君が大衆と戦争の関係を知らないからだ。

今、日本とアメリカの政府のトップが戦争を回避するために話し合いを続けている。だが、上からの決定だけで戦争を回避することはできないんだ。アメリカは日本と違って、国民の力が強い国だ。仮に大統領が日本と戦争をしようと決めたところで、国民が全員戦争に反対していたら、どれだけ大統領に権力があっても戦争をすることはできない。反対に、大統領がどれだけ戦争を回避したいと思っていても、国民全体が戦争を望んでいれば、大統領は日本に宣戦布告をせざるを得ない。それがアメリカという国なんだ。

そこで俺と赤西少佐は日米戦を回避するために、アメリカの輿論を操作することにした。要するにアメリカ国民全体に『戦争はしたくない』と思わせるようにするんだ。アメリカの大衆の間に反戦気分を煽るんだよ。

だが、いいかテディ、残念なことに大衆ははっきり言えば馬鹿だ。あいつらは付和雷同で、自分の意見というものを持っていない。しかも、自分の頭で物を考えることもできない。あいつらにきちんと理の通った説明をして、日本とアメリカが戦争をすることがどれだけ無駄で愚かなことかを納得させることは不可能だ。その代わり、あいつらはその時々の流行の意見やムードに簡単に流されてしまうという、いかにも大衆らしい性質を持っている。

そこで俺たちはできるだけ簡単な、大衆にでも分かるようなシンプルな言葉で、戦争が無益であることをアメリカ人に訴えることにしたんだ。それがこの短波によるラジオ放送だ。だから、反戦メッセージの合間にくだらないお喋りもすれば、音楽もかけるつもりだ。だが、そうしないとあいつらはこの放送を聞いてくれない。そして、聞いてくれなければ、俺の仕事は意味がなくなってしまう。大衆の趣味に迎合することも、俺にとっては大切な仕事なんだ。

だが、これだけ言っても、君はまだこの仕事がどれほどの効果があるか理解できないだろうから、分かりやすい実例を出してやろう。

実は今俺たちがやっているのとよく似たことをやって、実際に効果を上げている国があるんだ。それがどこだか、君に分かるか？」

万城にそう聞かれても、テディはそんな国は思いもつかない。一瞬考えただけで、首を横に振ると、万城は勝ち誇ったように続けた。

「おかしなことに聞こえるかもしれないが、それは日本なんだよ。

日本放送協会といっても一枚岩じゃない。軍部もそうだ。というか、好戦的な奴らが主流派で、赤西少佐や俺のような反戦的な考えを持っているのは少数だ。

だから、日本放送協会はおおっぴらなところでは軍部の好戦的な意向を聞き入れ、好戦的な内容の放送を国内でジャンジャン流している。そのおかげで、日本人たちはラジオにすっかり洗脳されて、今じゃあアメリカと戦争をしても五分五分どころか、下手をすれば勝てるじゃないかと信じている。

だけどそれは嘘なんだ。いつも俺が言っているとおり、アメリカと戦争をすれば、物資のない日本はたちどころに負ける。けれども、そんな真っ当な意見は放送されなくて、その代わりに放送されるのは嘘にまみれた景気のいい話ばかりだ。そして、そんな話を聞かされている日本の大衆は、確実に好戦的な気分になっている。彼らは明日戦争が起きても大喜びするだろう」

「まさか、そんな。戦争が起きて喜ぶだなんて」

「ところが、そのまさかということをやらかすのが大衆なんだ。俺としては日本の大衆に向かっても反戦メッセージを送りたいところだが、そんなことをすれば、俺はたちまち憲兵に引っ張られてしまい、国賊扱いを受けて職を失ってしまう。

　だから、俺たちはアメリカに向けて、反戦メッセージを短波ラジオ放送で送る。そうだ。テディ、君にもう一ついいことを教えてやろう。今、俺たちは日本にいて、日本の法律によって守られているが、俺が今やっている反戦メッセージ番組をアメリカ人がアメリカで放送したら、間違いなく放送禁止処分を受ける。下手をすれば刑事処分も受けるだろう。それくらい反戦放送というのは政府にとっては厄介なものだし、政府がそれほど気にするくらい、放送というのは威力のある武器でもあるんだ。つまり、俺がやっていることは君が思っているようなちっぽけなことではないんだよ」

　人間の社会は不思議である。テディは万城ほど日本を馬鹿にし、アメリカを愛している日系二世を知らない。だが、万城はアメリカを愛し、日本を憎むあまり、日米間の戦争だけは何としても避けるべきだという結論に至った。そして、今その戦争回避を仕事として一途にやり遂げようとしている。

　もしかすると、平和主義という観点だけでものを見れば、テディよりも万城のほうがずっと日米間の平和を望んでいるのかもしれない。そんな万城をテディは馬鹿にする気にはなれなかった。

こうしてテディは日本放送協会のスタジオのマイクの前で毎日原稿を読みあげることになった。原稿はもちろん英語で書かれている。書くのは万城だった。日系二世である万城は、文章を書くだけなら日本語よりも英語のほうが巧いと自分でも言っていたし、実際にテディが本番前にその原稿を読んでみても、なかなか上手に書けていた。いや、なかなかどころかかなり達者な文章だった。羅府新報で記者をしていた経験も活きているのだろう。

万城自身は自分の仕事を「皆さん、戦争なんて無益なことはやめましょう」というような甘ったるいメッセージを伝えるだけだと卑下していたが、万城が書く原稿はそんな単純なものではなかった。話は起伏に富んでいるし、ウィットがあり、何よりもアメリカ人の気持ちをとてもよく理解している。これなら、この原稿を元にした放送を聞いたアメリカの一般人たちは、戦争がどれほどくだらないものか、知らず知らずのうちに頭に叩き込まれることになるだろう。

これは日本人では絶対に書けないような、アメリカで生まれて育った万城ならではの原稿だった。だが、そこに万城の鬱屈があることもテディには分かった。

万城の原稿は実に上手に書かれている。だが、それは英語で書かれている上に、アメリカ人にだけ通じるようなユーモアや感覚に満ちているため、日本人は誰一人としてそれがどれほどよくできているものなのか評価できないのだ。

　万城は事実上の上司である赤西少佐を敬愛しているようだが、その赤西ですら万城の仕事ぶりを正しく理解しているわけではない。もちろん原稿は事前に軍のチェックを受けていたが、意味はともかく微妙なニュアンスまでは当局の担当者にも理解できるはずがない。

　だからだろう、万城はテディという部下を手に入れて、かなり上機嫌の様子だった。テディならば英語を母語のように話し、しかも読むこともできる。だから、万城の原稿がどれほどよくできているのかも、テディならばたちどころに理解し、評価することもできるのだ。

　だが、そう考えると、一つ腑に落ちないことが出てきた。

　万城が言うようにこの仕事は意義深いものであることはよく分かる。だが、それにしては、この仕事に直接関わっている人間の数が少なすぎるのだ。

　万城はテディを日本放送協会に初めて連れていった時、三階で働く百人もの社員の姿をテディに見せ、これだけの人たちが自分たちの仕事のバックアップをしていると豪語した。確かに見えない形でのバックアップはあるのかもしれないが、実際に放送の仕事となると、技術関係のスタッフを除いては、実際に関わっているのは万城とテディのほとんど二人だけだった。であれば、テディが現れるまで、万城はたった一人でこの仕事を準備していたということになる。

そのことをテディがさりげなく尋ねると、

「君の前にも何人かアナウンサー候補がいたんだが、彼らには辞めてもらった」

と万城は説明した。

「君にその自覚が今ひとつ足りないようだから、この機会に言っておくが、君が今やっている仕事は誰にでもできるという仕事ではないんだよ」

そう言われてもテディにはピンと来ない。アメリカ人の反戦気分を煽る仕事は、ある意味やり甲斐がある。だが、テディが実際にやっている作業と言えば、万城が書き上げた原稿をただマイクの前で読み上げているだけだ。こんなことは誰にでもできるではないか。

「ところが、そうではないんだ」

と万城は言う。

「当たり前だが、この仕事は日本語とアメリカ英語の二つの言葉を完璧に喋れる者でなければできない。となると、アメリカの日系二世を使うしかないんだが、彼らには忠誠心の問題がある。要するに心の帰属の問題だね。二世は身体的には日本人だが、心は日本人なのかアメリカ人なのかそれがはっきりしない人物が多い。つまり、彼らは信用できないんだ」

　心の帰属という問題で言うなら、万城ほどアメリカ贔屓の二世もいないはずだが、だからこそその万城にはそれぞれの二世たちが日本とアメリカのどちらに忠誠を誓っているかが、リアルに見えてくるのかもしれない。

「俺が言ったのが嘘ではない証拠に、今アメリカでは対日戦争を前提として語学兵を育てている」

「ゴガクへー？」

「アメリカはクレバーな国だ。戦争をするとなったら、敵国の情報を手に入れることが何よりも大事だということをよく知っている。日本と戦争をするのであれば、そのためにまず準備しておかなくてはならないのは、日本語を完璧に理解できる兵隊だ。この兵隊は銃弾の代わりに語学を武器にして日本に戦いを挑んでくる。彼らは持っている限りの日本語力を使って、日本軍の機密文書を解読し、日本人に対して宣伝戦を仕掛けてくるだろう。そして、言うまでもないが、その語学兵として今アメリカで教育を受けているのは全員日系の二世たちだ」

「そうか。アメリカの日系二世がアメリカ側につくか、日本側につくかは、その人の気持ち次第なんだね」

「そのとおりだ。そして、気持ちなんてものは外から見ただけじゃあ分からない。どれだけ口で日本を礼賛したところで、その日系二世がアメリカのスパイでないことなど証明できない。だが、今俺たちがやっている仕事に、そういうあやふやな人間を関わらせるわけにはいかないんだ」

「だから、これまでは君が一人でやってきたというわけか」

「そうだ。だけど、いくら何でも一人でやるには限界がある。そこで、俺は赤西少佐の許可を取って、新たに何人かスタッフを増やすことにしたわけだ。だが、闇雲に日系二世をスカウトするわけにもいかない。そこで、俺は軍の力を使って、日本に来る日系二世を可能な限りリストアップしてもらい、その中からこれはという人間を俺自身が選ぶことにしたんだ」

万城にそう言われて、テディはようやくすべてのことが腑に落ちた。万城はテディが知らせていなかったにもかかわらず、テディがいつどの船に乗ってどの港に着くかまで、いや、それどころかテディのパスポートに記してあるのが本名ではないことまで知っていた。それはすべてこの仕事を手伝わせる人員の補充のためだったのだ。

しかし、それにしてもテディにはまだよく理解できないことがあった。

「だけど、どうして僕が君に選ばれたんだ？」

「一つには、児島さんを介して赤西少佐を紹介してもらったのが、俺がこの仕事をするきっかけだったからだ。だから、その頃から俺の目はアメリカだけではなく、カナダにも向いていた。ある意味、カナダ系の二世というのは、こういう言い方をしては失礼かもしれないが、アメリカ系の二世よりもずっと使いやすいんだ。

　日本がアメリカと戦争をすることになれば、カナダはアメリカの同盟国だから、自動的に日本と敵対することになる。だけど、実際には日本とカナダが戦争をするわけじゃない。だから、カナダ系の日系二世なら対米戦争が起きても、日本の味方をする可能性が高い」

「なるほど」

「とはいえ、カナダ系の日系二世には言葉の問題があるんだ。君のほうが俺よりもよく分かっているだろうが、カナダ人の英語には訛りがある。だが、この仕事はアナウンサーだ。しかもアメリカ人向けの。であれば、完璧なアメリカン・イングリッシュを話せる人間でなければできない」

「そうか。僕は大学でアメリカン・イングリッシュの勉強もしたから」

「そうだ。それにもう一つ、俺がどうしても君にこの仕事を手伝って欲しかった理由がある」

「もう一つ？」

「君がバンクーバー朝日のテディ古本だからだ」

　万城が突然懐かしいチーム名を口にしたのでテディは驚いて万城を凝視した。

「テディ、君はね、君が思っている以上に有名人なんだよ。特に北米の日系人の間ではね。今、君には匿名のアナウンサーとして仕事をしてもらっているが、いつか君の名前を出して、放送をしてもらうことが出てくるはずだ」

「そんなことをして何になるんだ？」

「何になるだって？　ただの名も知れないアナウンサーが喋るのと、君のような有名人が喋るのとでは、同じ情報でも値打ちが違ってくるんだよ。あの朝日のエース・テディ古本がこう言っているんだったら信用ができる、と北米の人たちは思うんだよ」

万城は本気で悔しそうな顔をして言った。

「俺がその役をやりたいくらいなんだ。だけど、俺ではダメなんだ。ジョージ万城の言うことなんか誰も感心して聞いてはくれない。まったくもって君が羨ましいよ。有名人の君がね」

どうやら万城の欲望の中には、有名になることも含まれているようだ。

「もう分かっただろう。カナダの日系二世で完璧なアメリカ英語を話す上に、北米で名を轟かせている人物。君はこの作戦になくてはならないキーマンなんだ」

実際のラジオ放送の仕事は神田の駿河台にあるスタジオで行われた。立ち会うのは万城と技術的なスタッフだけという少人数である。時々赤西が顔を出すことがあったが、テディに労いの言葉をかけると、すぐさま立ち去ってしまった。

　責任者であるはずなのに、これではあまりに無責任ではないか、と最初テディは思っていたが、すぐにそうではないことに気づいた。赤西は英語がまるで分からない。テディがマイクに向かって話をしていることを、赤西はまるで理解できないのだ。理解できないものを聞いてあやふやな判断を下すくらいなら、責任者を百パーセント信用して、全てを任せてしまったほうがいい。

　だから、すでにこの仕事を一人で進めてきた万城は、このようにテディにアドバイスをしていた。

「これはかなり精神的にきつい仕事だよ」と。

　どんな仕事でも反応や達成感というものがある。たとえ、スコップで穴を掘るという単純作業であっても、一時間働けば一時間分だけ穴が深くなっているのが目に見えて分かる。

「ところが、この仕事はそうじゃない」

　と万城はテディに言った。

「今、幸いにも日本とアメリカの間では戦争は起きていない。そして、俺たちの仕事は言ってみれば、今の日米間の状態をこのまま持続させることだ。つまり、俺たちの仕事が成功している限り、目に見える変化は何もない。失敗した時にだけ、変化が現れる。開戦ということだ。俺たちは今の社会が何も変わらない、何の反応もない、ということを目標にして仕事をしなくちゃならないんだ。しかも俺たちの上司である赤西少佐は英語が分からないから、俺たちが具体的に何をしているのかご存知ないときている」

それはまるでピッチャーにとってのランニングのようなものだとテディは思った。ランニングをしているところをわざわざ人に見せるピッチャーはいない。だから、ランニングをしていようがいまいが、そんなことは誰にも知られることはない。一人のピッチャーが九回を投げきることができるのは、ランニングによって体力を養ったおかげだが、そんなことに気づいている観客はほとんどいないだろう。

ランニングとピッチングの関係が観客にも分かるのは、そのピッチャーが体力不足によってピッチングが乱れ、敵チームに滅多打ちにあった時だけだ。ピッチャーは敗北した時だけ、ランニングという地味な作業をしていなかったことが明らかになる。していない時はピッチングも乱れないから、ランニングをしていること自体、誰にも知られることはない。

成功した経験を持つ運動選手ならば、こんなことは常識だ。目に見える鮮やかなプレーの裏側には、その何百倍もの時間をかけた地味なトレーニングがある。その地味で地道なトレーニングを楽しめなければ、その選手は一流にはなれない。そして、テディはかつては紛れもない一流の選手だった。

だから、テディは万城にこの仕事は地味できつい仕事だと言われて、かえってやり甲斐があると思った。自分が毎日コツコツと反戦を英語でアナウンスし続けることで、日米間の平和が保たれるのだが、その平和にテディの放送が万分の一でも寄与していることに気づいている人はいないだろう。だが、この放送を止めてしまえば、その万分の一の穴から水が漏れ、戦争という洪水を防いでいた堤防が決壊するかもしれないのだ。

さらに実際にやってみてテディ自身も驚いたことに、どうやらテディにはマイクの前で話をする才能があるようだった。大学の放送部でやっていた時には気づかなかったが、朝日で臨機応変に変化球を投げていた時のように、ちょっとした時にアドリブで当意即妙な言葉がポンポン口をついて出てくる。一瞬一瞬が勝負のアナウンサーという仕事で、自分の言いたいことを上手に表現できる言葉がパッと出てきた時、テディは得意のカーブで打者を三振にした時のような快感を感じた。

テディはしばらくの間、カナダに帰国することも忘れてこの仕事に熱中したが、そうやって仕事を楽しんでいられたのは、ほんの数ヶ月のことでしかなかった。

日本時間の一九四一年十二月八日未明、アメリカではまだ十二月七日の日曜日である。テディの仕事も、その日は休みであった。万城がそのように手配してくれていたのだ。アメリカ人相手の仕事をしているのだから、アメリカ人が休んでいる時は俺たちも休んでいいだろう、と。

奇しくも万城と同じことを考えた人が、日本に他にもいた。

この日はアメリカでは日曜日だから、アメリカ人にとっては休日だ。であれば、アメリカ軍も休暇をとっているに違いない。

攻めるなら今だ。

こうして日本軍による真珠湾攻撃が始まった。

その後日本がアメリカに宣戦布告をし、アメリカもそれを受けてその翌日日本と開戦したと宣言した。

万城が絶対にあり得ないと断言していた日米間の戦争が勃発したのである。

各国の対応は迅速だった。日本の同盟国だったドイツが十二月十日にアメリカに対して宣戦布告を行った。これによって日米開戦がヨーロッパにまで飛び火して、第二次世界大戦が始まることになる。

日本軍が真珠湾を攻撃したことで、戦火が世界中に広がったのだ。

テディが住んでいたカナダも例外ではなかった。

イギリス連邦の一員であったカナダは、真珠湾攻撃の直後、カナダに住む日系人を全員『敵性外国人』と認定し、手始めに日系社会の指導者約四十人を危険人物として逮捕拘禁。さらに日本語学校の閉鎖、電話の際の日本語の使用の禁止、長距離電話の禁止、出漁の全面禁止、日本語新聞の発禁、という戦時特別措置を矢継ぎ早にとっていった。

もちろん日本からカナダまでテディを乗せていってくれる客船など出帆するはずもない。

テディはカナダへ帰る手段を失ってしまった。

プログラム３

～一九四一年初冬～

『臨時ニュースを申し上げます。臨時ニュースを申し上げます。大本営陸海軍部午前六時発表。帝国陸海軍は本八日未明、西太平洋においてアメリカ、イギリス軍と戦闘状態に入れり』

日本で唯一のラジオ放送局である日本放送協会のアナウンサーが、スタジオのマイクの前でこの記事を読みあげたのは、一九四一年十二月八日午前七時の時報が鳴り終わった直後のことだった。

この重大なニュースは、内容が正確に聴取者に伝わるよう、同じ記事が二度繰り返して読まれた。

これによって日本人は、日本がアメリカとイギリスを相手に戦争を開始したことを初めて知ったのである。しかし、この時はまだその詳細は伝わっていない。日本軍が数時間前に真珠湾を奇襲したことを日本人が知るのは、それから四時間半後の午前十一時三十分の臨時ニュースによってであった。

日本軍が大々的にアメリカ軍を破ったというこのニュースに、ほとんどの日本人は狂喜した。ラジオの前で正座したまま呆然として大勝利の報を聞き、その直後に泣いて喜ぶ者さえあった。日本の国民は諸手を挙げてこの開戦を歓迎したのである。

といっても、当時の日本人が今の日本人よりも好戦的で、戦争が好きだったというわけではない。戦争とは結局のところ、兵士と兵士が命を賭けて殺し合うことだという認識に欠けていたのでもなかった。

その頃の日本は一九三七年に始まった支那事変がまだ解決しておらず、それ以来四年間もの間、事実上中国と戦争をしている状態だった。その間に戦死した者も多い。戦争が決して景気のよいだけのものではないことなど、誰もがよく承知していた。

だが、それでも当時の日本人の大半は、日本がアメリカに宣戦布告したことを心の底から喜んだ。

それもやはり戦争のせいだった。

中国との数年にわたる戦争のため、日本は長い間閉塞状態にあった。政府レベルで言えば日本は国際社会からはつまはじきにされ、国民レベルで言えば戦時中ということで実際に物資がどんどんなくなっていき、日を追うごとに生活が不自由になっていく。中国の戦地に徴兵された者の中には二度と帰ってこず、戦死の知らせだけが届く場合も間々あった。日本人はここ数年の間、どんよりとした空気の中に押し込められているような気分を味わい続けてきたのである。

このどん詰まりの現状を打破するには、回りくどいことなどやっていられない。諸悪の根源を一気に取り除くしかない、と誰もが思った。そしてこの時、その諸悪の根源と見なされたのがアメリカだったのだ。

十一月二十六日にアメリカのハル国務長官が提示した、いわゆる「ハル・ノート」を日本政府は突っぱねると、御前会議にて対米英蘭開戦を決定。この日の真珠湾攻撃へと至ったのだった。

その判断が正しかったのかどうかは今は問わない。ただ言えるのは、日本人の大半はこの決行に賛同し、喜んだ。この戦争の先行きには何の心配もしていなかった。なぜなら、ラジオや新聞がいつも日本軍の強さをくどいほどに報道していたからだ。

「それほど強い日本軍がアメリカごときに負けるはずがない」

これがある意味、日本国民の総意であった。

とはいえ、何事にも例外はある。

万城は日本がアメリカとイギリスを相手に開戦したことを知って、ほとんど気も狂わんばかりになった。もちろん狂喜したのではなく、前後の見境を忘れるほど慌てふためいたのだ。

万城は日米開戦の第一報を放送した日本放送協会に所属している。しかも、その協会の中でも対米工作に関わる部署で働いているため、軍関係の情報、とりわけ対米関係のものは、協会内部のどの人間よりも速く、しかも正確に掴んでいた。

日本軍が真珠湾攻撃を行い、アメリカに対して宣戦布告をしたことを知ったのは、一般の日本人よりも一時間は早い午前六時頃のことだった。

この貴重な情報は、万城の家を直接訪れた赤西少佐の部下によって伝えられた。電話や電報では、他に漏れる恐れがあると考えたのだろう。

万城は、今の世界では情報が何よりも貴重であることを赤西からさんざん叩き込まれている。そうした情報の中でも日米開戦は今の世において最上級の情報と言っていい。その情報を人よりも速く手に入れたのだ。いつもの万城であれば優越感を感じ、大いに満足するところであったが、さすがにこのニュースでは喜びよりも残念な気持ちのほうが圧倒的に強かった。

万城は早速、赤西の私邸に赴いた。

これからの善後策を練らなくてはならない。

この時ばかりは、万城が感傷的な人間でなかったことが幸いした。さらに自分のミスは決して認めないという傲岸な性格もこの場合には役に立った。

対米開戦の知らせを聞いた時は激しく落ち込んだが、すぐに気を取り直していつもの万城に戻った。落ち込むというのは自分が間違っていたことを認めることになる。

「俺が間違えることなどあり得ない」

そうつぶやきながら赤西邸へと急いだ。その時の万城は、これまで「日本がアメリカと戦争することなど絶対にあり得ない」とテディに言い続けてきたことなどすっかり忘れていた。万城にとってこの時一番大事なことは、何としてでもこの状況を乗り切ることであった。でなければ、自分がこれまでしてきたことが全て否定されてしまうからだ。


テディが日米開戦の第一報を聞いたのは、大方の日本人と同じく午前七時のニュースによってであった。

本来であれば、部下として日本放送協会で働くテディに、万城はすぐに知らせるべきだったが、そうはしなかった。混乱もあり、さんざん日米開戦はあり得ないと言ってきた手前、テディに説明する言葉が見つからなかったのだ。

テディは明け方、居候をしている万城宅に誰かが訪れ、すぐに万城が家を飛び出したことには気づいていたが、たまの休みだと思い、うかうかと六時半頃まで寝ていた。

万城夫人はたいていは奥の間にいて滅多に顔を見せないから、テディはいつものように女中の淹れてくれたコーヒーを飲みながら、これまたいつものようにラジオのスイッチをつけると、午前七時の時報の直後に、その驚くべきニュースが報道された。

最初、そのニュースを聞いた時、テディは一瞬判断不能の状態に陥った。

ラジオが「日本がどこかの国と戦闘状態に入った」というようなことを言ったような気がするのだが、それはどう考えても聞き間違えたとしか思えない。何しろ万城があれほどしつこく「日本とアメリカが戦争をすることはあり得ない」と断言し、しかも戦争が起こるかもしれない万が一の可能性を潰すために、テディは万城の仕事を手伝っていたのだ。

ところがアナウンサーはそんなテディの希望的観測を吹き飛ばすかのように、同じニュースをご丁寧にも二度繰り返した。

『臨時ニュースを申し上げます。臨時ニュースを申し上げます。大本営陸海軍部午前六時発表。帝国陸海軍は本八日未明、西太平洋においてアメリカ、イギリス軍と戦闘状態に入れり』

テディは手に持ったコーヒーカップを叩きつけるようにテーブルの上に置くと、

「万城さんはどこにいる⁉」

いつに似合わぬ興奮した声で女中に聞いた。

あまりの剣幕で迫るテディに驚き、女中はしどろもどろに答えた。

「あ、あの……旦那様は……今朝からお姿を見かけませんが……」

テディはほとんどパニックに陥りそうになった。

万城からは日本とアメリカが戦争をしないという前提での未来の話しか聞いていない。今、日本人の多くがアメリカに対して好戦的な気持ちを持っているということも万城から聞いてはいた。だが、その万城が「アメリカから仕掛けない限り、日本から戦争を起こすことは絶対にあり得ない」と断言していたので、テディはその意見を鵜呑みにして、すっかり安心しきっていたのだ。

もしもテディが生粋の日本人であったら、この時はまったく違う反応を示しただろう。この数年の間、日本人たちは出口の見えない漠然とした焦燥感を味わっている。だから、日米開戦がその焦燥感を一掃してくれるだろうという幻想に浸って、対米戦の開始を喜ぶことができた。

ところが生憎テディは日本に来てまだ半年しか経っていない、カナダ在住の日系二世だった。

アメリカの国力がすさまじいものだということは、アメリカの大学に通っている時に実感している。常々万城からも、日本がアメリカと戦争をしても絶対に勝つことはできない、という断言を聞かされていた。であれば、日本はこのままアメリカに敗れて滅んでしまうのか？

いや、それもどうだかは分からない。

日本がアメリカと戦争をすれば確実に負けると断言したのが万城なら、そもそもそれ以前に日本がアメリカと戦争をするはずがないと断言していたのも万城だった。その万城の「戦争は起こらない」という予想は呆気なく外れた。ならば、「日本が負ける」という予想も外れるかもしれない。

だが、そこまで考えがたどりついても、テディは心を落ち着かせることができなかった。

そもそも日本が戦争を始めたという実感がまるで湧いてこない。自分では日本人のつもりではいたが、いざ戦争が始まるとなると、アメリカと戦火を交えるのが自分の母国であるという当事者意識を感じることができない。

だったら、僕は何だ？　何人なんだ？

そう自分に問いかけた時、テディは遅まきながらようやく大事なことに気がついた。

「僕はカナダに帰ることができるのか……」

テディが万城と会えたのは日米開戦が報道された次の日だった。

ラジオで真珠湾攻撃のニュースを聞いたあと、テディはすぐに日本放送協会に出社したが、指示があるまで当分自宅待機だと伝えられ、社屋に入ることも許されなかった。

万城の自宅でひたすら彼が帰るのを待つことしかできない。テディにあてがわれた六畳間で悶々としながら、時間だけがゆっくりと過ぎていった。

アメリカと開戦したのなら、当然アメリカと同盟関係にあるカナダとも敵対することになる。

バンクーバーに残してきた両親や友人たちはどうなるんだろう。

出発直前、五年連続八度目の優勝に向けて快進撃を続けていたバンクーバー朝日やかつてのチームメイトは……

不安が不安を呼び、用意された食事も喉を通らない。一睡もできないまま夜が明け、気がつけば九日のお昼も過ぎていた。

ようやく玄関を開ける音が響き、万城が帰宅したのは、九日の陽も西に傾き始めた頃だった。

万城は万城でおそらく昨日から寝ていないのだろう、疲れきった顔をしていたが、テディはそんなことにはかまっていられなかった。

「どういうことなんだ、これは⁉」

玄関で靴を脱いでいる万城に、テディがほとんど怒鳴りつけんばかりに詰問すると、万城は昨日開戦の報を聞いた時は自分も大いにうろたえたことなどすっかり忘れたかのように言った。

だが、テディは落ち着いてはいられない。

「君はアメリカとの戦争はないと言っていただろ！」

「だけど、これは仕方のないことだったんだ。特に真珠湾攻撃は必要だった。アメリカは少し前から全艦隊をハワイに集めていた。ハワイに艦隊を集めることで、アメリカは日本を脅迫していたんだよ。日本は今、支那事変が続き、物資が不足して困っている。ここでもう一押しすれば、日本はたちまち支那から手を引くだろうと考えたんだ。向こうがその気なら、その考えを撤回させるためにも、日本軍はハワイに集結したアメリカ艦隊を打破するしかなかったんだよ」

「君は前にもそんなことを言っていた。だけどその時は、だから戦争は起きないと言ったんだ。それなのに、なぜ同じ理由で戦争が起きたんだ？」

「だからそれは……」

「それに、僕たちがやって来た仕事はどうなるんだ？　僕たちは戦争を起こさせないために毎日マイクに向かって喋っていたんじゃないのか？」

「そうだ。だからこそ、アメリカから戦争は仕掛けてこなかったじゃないか。俺たちがやっていたことは間違ってなかったんだ」

万城はこの期に及んでも自画自賛を忘れない。テディがたたみかけるように叫んだ。

「まあ落ち着け」

「だったら、なぜ戦争が起きたんだ⁉」

激しい語気で問い詰める。

「結局、日本の政治家や軍人が馬鹿だったんだよ」

万城はあっさりと責任を転嫁した。

「まあ、とにかくそういきり立つなよ、テディ。ともあれ戦争は始まってしまったんだ。俺たちが過去に何をしたのかを考えるよりも、今はこれからのことを考えなくちゃならない。それが利口な生き方というものだ」

「僕はこれからどうなるんだ？」

「どうなるって？」

「僕はカナダに帰ることができるのかと聞いているんだ」

すると、万城はいつもの両手を広げる仕草で大袈裟に驚いて見せた。

「今、日本は国運を賭けた戦争に突入したというのに、君はそんな個人的な小さいことを気にしているのか。そんなことじゃあ、周りの連中から非国民扱いされるぞ」

悪戯っぽい笑顔を顔に浮かべた。だが、テディも黙っているわけにはいかない。

「僕は非国民になってもいい。国に残してきた皆が心配なんだ！」

テディの嘆願にも似た悲痛な訴えに、万城は諭すように語り始めた。

「いいか、テディ。たしかに日本が宣戦を布告したのはアメリカに対してだけじゃない。君にとっては生憎だったが、アメリカとイギリスに宣戦布告したんだ。そして、君のもう一つの母国のカナダは、イギリス連邦のメンバーでもある。日本がイギリスに戦争をしかけたら、それはカナダに宣戦布告をしたのも同然だ。今、日本はカナダとも戦闘状態に入っているんだよ。君が泣こうがわめこうが、日本からカナダ行きの船なんぞ出るはずがない。君はこの戦争が終わるまで、カナダに帰ることはできないんだ。それに万が一、帰る手段があったとしても君は帰らないほうがいい」

「どうして？」

「アメリカでは早速在米日系人を敵性外国人としてマークしだしている。おそらくこれからアメリカにいる日系人は敵性外国人として扱われることになるだろう。最悪の場合は犯罪者と同様、禁固処分を受けるかもしれない」

「本当に？　それはアメリカの場合だろう？　カナダはイギリス連邦のメンバーかもしれないが、アメリカとは関係がない」

まさかとは思っていたが、カナダでも状況が悪化しているとは思わなかった。

「いや、カナダはアメリカに隣接しているせいで、アメリカの国策にはすぐに影響を受ける。言ってみれば、カナダは北米の優等生で、アメリカは北米の厳格な教師だ。カナダはアメリカのやることにはすぐに右にならえをする。君だって知ってるだろう、カナダでの日系人差別を。どうしてカナダが組織だって日系人の差別をやり始めたのか、知ってるか？　そのノウハウをすべてアメリカから学んだんだ。カナダの日系人対策はすべてアメリカの猿真似だ。今度、戦争が起きたことでアメリカが日系人を逮捕しだしたら、カナダも間違いなくその真似をして日系人を逮捕するだろう」

「それじゃあ、カナダの――」

そこまでテディが言いかけると、万城はその問いが出てくるのを待っていたかのように答えた。

「そうだ、君のご両親やカナダの友達、知人なんかもかなり危ない状態だろう。まさか殺されることはないだろうが、最悪の場合、強制収容所送りということもあり得る」

その言葉に、テディは鈍器で頭を殴られたような衝撃を覚えた。

益田家の祖父母を助け、バンクーバーに連れていくことが目的だったのに、まさかこんなことになるなんて……

「万城さん、だったら、僕はどうすればいいんだ？」

テディが万城に聞くと、万城はまさにその問いを待っていたかのように「心配しなくていい」とテディの肩に手を置いた。

「俺が悪いようにはしないから。とりあえず君はこれまでの仕事を続けてくれればいい」

「これまでの仕事？　だって、あの仕事は戦争を起こさせないためにやっていたんだろう？　だけど、戦争は実際に始まってしまったじゃないか。もうやることはない。現に昨日出社したら、しばらくは待機だと言われたよ」

「そうだ、戦争は始まってしまった。だけどね、テディ、だからこそ、俺たちはあの仕事を続けなくちゃならない。明日から勤務再開だ。これまで俺たちは戦争を起こさせないためにマイクに向かってアメリカ人に訴え続けてきた。これからは、この戦争を一日も早く終わらせるために、マイクに向かって話すんだ」

万城はいつもの自信たっぷりの笑みを顔にみなぎらせながらテディに言った。

「俺たちの仕事の内容はほとんど変わらないってことだ。それがどういう意味か、君に分かるか？　俺がやってきたことは、戦争前も、戦争が始まってからも、間違ってなかったたってことだよ。さらに忙しくなるぞ」

結局、万城が言いたかったのはこのことに尽きるらしい。つまり「俺は間違っていなかった。いつも正しいのは俺だ」ということだ。

テディは万城の傲岸さに半ば呆れ、半ば鼻白む思いがした。だが、万城はそんなテディの思いなどまるで気にもかけていない。

＊

真珠湾攻撃から十日と経たないうちに、テディは半年ほど居候していた万城の家を出て、大門にある一軒家を借りて住むことになった。

テディが万城家を出たのは、万城のアドバイスによるものだった。

「この戦争は長引くかもしれない」

というのが万城の予想だったからである。

「長引くってどれくらい？」

テディが尋ねると、万城は神妙な顔つきでつぶやいた。

「そうだな。半年か、下手をすると一年……」

「そんなに長い間？」

「いや、これでも早く見積ったほうだ。何しろ支那相手ですら日本軍はもう四年も手こずっているくらいだからな。だが、心配は要らない。支那との戦争が長引いたのは――」

と、この時は万城も支那事変のことを平気で支那との戦争と認めた。

「アメリカが原因だったんだ。日米通商航海条約のせいで、日本が他の国と戦争をすれば、アメリカは日本に軍需品を輸出しないという決まりになっていた。だから、日本政府としては支那との争いはあくまでも事変であって、戦争ではないと言い続けるしかなかったんだ。戦争だと認めてしまえば、アメリカから物資がやってこなくなるからね」

あっさりと支那事変を戦争と認めなかった本当の理由を白状した。

「だが、日本はアメリカと開戦したんだから、もうアメリカの顔色を窺う必要はなくなった。ある意味、日本はこれからいくらでも自由にどこの国とでも戦争ができるんだ」

万城は晴れ晴れしたような顔つきで言ったが、それは冷静に聞くととてつもなく恐ろしい宣言であった。どこの国とでも自由に戦争ができる権利？ そんなものを手に入れて喜ぶ国があるだろうか？

だが、日本が開戦したことによってまだ興奮の渦中にいる多くの日本人と同様に、普段は日本人を馬鹿にしている万城もまた、醒めやらぬ興奮状態の中にいた。自分がかなり非常識なことを言ってしまったことにも気づいていないらしい。

とはいえ、テディとしてはここで万城に何かひと言言わなければ気がすまなかった。

「万城さん、君はこれまでアメリカと戦争をしたら、物資の少ない日本はたちまち大変なことになると言っていた。そのアメリカと戦争が始まったんだ。だったら、日本は一年ももたないんじゃないのか」

ところが万城はテディの皮肉に気を悪くした様子など一つも見せない。

「まったく君の言うとおりだ」

珍しく、テディの意見を認める。

「だから、長くても一年だよ。一年以内に決着をつけないと日本は負けてしまう」

万城の断言にテディは驚いた。

「万城さん、君はこの戦争で日本が勝つと思っているのか？」

テディが思わず大声を出す。

「テディ！」

万城がそれに負けない大声で怒鳴り返した。

「馬鹿なことを口走るんじゃない。そんなことを聞かれたら、それこそ君だけじゃない、そんな君を家に置いている俺まで非国民扱いされてしまう！」

「だけど、アメリカとの戦争を始めたら、日本が負けると言っていたのは君じゃないか」

「俺はそんなことはひと言たりとも言ったことはない」

万城は断言した。そして、戦争前に言ったこととまったく正反対のことを断言しても、恥じ入る気配は欠片もなかった。

「いいか、テディ、よく聞け。日本はこの戦争には勝つ。勝たないわけはない。その証拠に真珠湾攻撃は大成功のうちに終わったし、マレーやシンガポールでも日本軍は着々と勝ち続けている。それに東條閣下も今の日本は『絶対不敗の態勢だ』と言っている」

「じゃあ、この戦争で日本は勝つと君は思っているんだね？」

テディが半信半疑で万城に問いただした。

「当たり前じゃないか」

「だけど、君はアメリカと戦争をしたら物資がなくなると……」

「だからこそ、一年以内にケリをつけなくちゃならないんだ。だが、そのためにはこれから戦争が終わるまでは、日本国民もそれなりに無理を我慢するしかなくなるだろう。俺も葉巻を吸うことは諦めたよ。そこで君にもお願いがあるんだ」

「何？」

「この家を出ていって欲しいんだ」

この突然の申し出にはさすがにテディもムッとした。

確かにここ数ヶ月の間、ずっと万城の家に厄介になっていたが、それも半分は万城がテディを引き留めていたようなものなのだ。それなのに、戦争が始まった途端、自分を追い出すとは。

しかし、これはテディの勘ぐりすぎであった。

「そうじゃないんだよ、テディ。誤解しないでくれ。俺は何も君を厄介払いしたいわけじゃないんだ」

万城はテディに媚びるように言った。

「これから日本の物資はどんどん少なくなっていく。基本的なものはすでに配給制になっているが、これからは他の生活必需品も配給制になり、しかも配給される量は減っていくはずだ。そういう時、居候という身分では配給物資を受け取ることができないんだよ。だから、君も家を一軒借りて、その家の主になりたまえ。そうすれば、君も戦争中、配給を受けることができる。それで何とか食いつないでいけるだろう。家の借り賃くらいは俺が放送協会にかけあって出してもらうようにするよ」

なるほど、とテディは万城にあらぬ疑いを持ったことを恥ずかしく思った。てっきり邪魔者扱いされたのだと思ったのだ。

万城は色々と問題のある男ではあるが、こういう処世術にかけてはなかなか抜け目のない、そして他人にも親切になれる男であることを、今さらのようにテディは思い出した。

万城の勧めに従って、テディは芝区の大門にあるこぢんまりとした一軒家に移ることになった。大門を選んだのは通勤の便を考えてのことだった。そこからなら日本放送協会まで市電で二駅だ。

こうしてテディはうやむやのうちに、貸家とはいえ、日本で一軒の家をかまえる身の上になった。直接の原因は対米戦争が始まったことである。国家が起こした戦争によって、カナダで一生を終えるはずだった日系人が、日本で一軒の家の主になってしまったのだ。不思議と言えば、これほど不思議な縁もない。

＊

戦争が始まる前までは、テディの身分はあやふやなものだった。万城は日本放送協会の正式な社員だったが、テディはその万城から個人的に仕事を請け負っているという身分である。社会的には無職同然であった。

「だけど、戦争が始まったというのに、今まで通りというわけにはいかない」

そう言って、万城がテディに手渡したのが名刺の束だった。

そこには『社団法人日本放送協会海外局米洲部』という肩書きの隣に『古本忠義』とテディの本名が記してあった。

テディはカナダ国籍であり、益田姓のパスポートもカナダ政府が発行したものだ。

しかし、日本放送協会に入るには日本国籍がいる。

そこで、カナダ国籍を持ちつつも、古本の両親が本籍を置く山口県大島郡の戸籍を利用して、『古本忠義』のパスポートを日本政府に申請し、無事に取得していたのだった。いわゆる二重国籍である。

それらをすべて手配してくれたのは万城だったが、その手際の良さにも驚かされた。自分一人だったら相当てこずっただろう。これも軍の力というやつだろうか。

そのため、この時作られた名刺も『古本忠義』だった。

「これで君も本日付で日本放送協会の社員というわけだ」

そう言って万城は笑い「よかったな」とテディの肩を叩いた。

だが、テディにしてみれば、自分が望んで得た職ではないので、正規の社員にしてもらったところで、特にこれといった感慨もない。

その思いがテディの表情に出たのだろう。万城はテディに媚を売るような顔つきで
「これは君にとってもかなりいいことだと思うよ」と何やら意味深長なことを言った。

「君はまだ日本の今の状態がどういうものかよく理解していないから、日本放送協会の社員になれたと聞いても、嬉しくも何ともないだろう。だがね、君は日本放送協会の社員になれたことをきっと感謝するはずだ」

「僕が感謝する？」

「そうだ。なんたって俺たちは短波放送に関っているんだからな」

しかし、そう言われてもテディにはピンとこない。短波放送のことなら、いちいち万城に言われなくても、とうにテディは知っている。何しろ、開戦前までテディがマイクに向かって喋っていた放送は短波放送によってアメリカにまで送られていたのだ。

そんなことを今さら言ってどうなるというのか？

「ところが、俺が言いたいのはそんなことじゃないんだ」

万城はいつにも増して尊大に身体をそらすと、もったいつけた口ぶりで話し始めた。

「テディ、朝日はこの前、カナダのパシフィック・ノースウエスト・リーグで優勝したよ。これで通算八回目、五年連続の優勝だ」

これにはテディも驚いた。バンクーバーに本拠地を置く朝日が今年のシーズンでは五年連続優勝を賭けて試合を行っていることは、テディもよく知っていた。テディは朝日の初代メンバーでありOBなのだから、かつて自分が所属していたチームの動向は、自分が引退したあとでも気になる。

その朝日がとうとう五年連続の優勝を成し遂げたという。こんなに嬉しい知らせはない。テディが日本に来て以来、おそらく唯一の心躍るニュースだ。だが……。

「万城さん、君はどうしてそのことを知ってるんだ？」

「それは俺が日本放送協会の社員だからだ。朝日優勝のニュースもカナダの短波放送で聞いたんだよ」

「だったら、別に放送協会の社員でなくても、ラジオを聞けば誰にでも分かることじゃないか」

と、そこまで言ってテディはようやく思い当たった。

「そうか！」

その反応を見てニヤリとした万城が説明を続けた。

「日本では一九一五年の無線電信法や一九二三年の放送用私設無線電話規則の公布などで、ラジオの送受信には一定の制限が加えられてきた。

　さらに一昨年の十一月に一般用ラジオの輸入は禁止され、短波放送の受信機の取締まりは強化されているんだよ。今の日本では、海外へのラジオ放送はもちろん、海外放送を聞くことも禁止されている。敵国の放送を日本国民が聞き、惑わされることがないようにね。

　馬鹿な大衆は信念を持たず、誰かの煽動にすぐに乗ってしまう。不必要な情報は与えず、相応しいものだけを与えるようにしなければならないんだ」

「だから、一般人が短波放送を聞くことを日本では禁じているのか？　外国の情報が入らないようにするために？」

「そうだ」

「それはファシズムじゃないのか？」

「そうだ」

　万城はあっさりと肯定した。

「君はファシズムに荷担していて恥ずかしくないのか？」

「恥ずかしい？　どうしてだ？　情報を管理して、愚かな大衆なら曲解してしまう情報をあえて与えないのは、ファシズムのもっともよいところだと俺は思うがね」

「それのどこがいいんだ？」

「テディ、君はこれまで自分がやってきた仕事を忘れたのか？　君はアメリカに向けて厭戦放送をしてきたんだぞ。そして、これからもこの仕事は続くんだ。だがね、テディ」

　万城は怒ったような顔つきでテディを睨みつけた。

「万が一、俺たちが放送している内容が日本の大衆に聞かれたらどうなると思う？　あいつらは絶対に俺たちを半殺しの目に遭わせるだろう」

「どうして？　だって、僕たちはただ英語で、戦争は無益なものだ、戦争なんてくだらない、あなたたちは自分の父親や息子や恋人が戦場で殺されてもいいのかと言っているだけだ。すべて正論じゃないか」

「ところが今の日本の大衆はそうは思っていない。君が英語でマイクに向かって喋っているのは反戦思想で、反戦思想は今の日本の大衆にとってもっとも憎むべき考えなんだ。そんなことを公共の電波を使って世界中に向けて喋っている奴は、彼らにとっては国賊なんだよ。俺は今、俺たちがやっていることがバレたら半殺しの目に遭うかもしれないと言ったが、それは言い間違えだ。今、俺たちの放送内容がバレたら、俺たちは間違いなく日本人に殺されるよ。それも特高ではなく、大衆の手によってね」

　万城にそう言われてテディは反論できなかった。

真珠湾攻撃からさほど日が経ったわけではないが、戦況は刻々と変化している。それも日本軍に有利なように。

その日本軍の各地での戦勝の知らせは、すぐにラジオによって国民に届けられた。そして、そのニュースが届くたびに、人々は歓声を上げているのだ。

そんな人たちに向かって、「皆さん、戦争なんて愚かなことです」などと言えば、たちまち反感を買うだろう。万城が言うように殺されるのは言い過ぎだとしても、気の荒い男から殴られるくらいの目に遭っても不思議ではない。

テディは日本人だが、カナダの日系二世でもある。いわば生粋の日本人から見ればヨソ者だ。その第三者としての目から見れば、今の日本人は「戦争に酔っている戦争好きの国民」にしか見えない。そんな戦争好きの人たちに向かって、戦争を止めようと言うのは、万城が言うように確かに危険だ。

それでもテディは万城に何か反論したかったのだが、適当な言葉が思いつかなかった。つい黙り込んでしまうと、万城はテディを言いくるめられたと思ったのだろう。急に機嫌をよくしたかと思うと、話の結論を語り始めた。

「ただな、テディ。それはタテマエの話だ。俺も君も生まれ育ったのは日本じゃない。アメリカとの戦争なんて本当は望んじゃいないだろう。

つまり、物は考えようということだ。今も説明したとおり短波放送の送受信は禁止されている。

だが、それはあくまでも一般人は禁じられているというだけの話で、何事にも例外はある。特に放送に関しては、俺たちが所属している日本放送協会はその例外の最たるものだ。何しろここは日本で唯一の短波放送局でもあるんだからな」

そう言って万城は机の上に置いてあった紙巻き煙草を手に取って咥えた。どうやら葉巻を吸うのは諦めたらしい。

「放送協会では短波の放送をするだけではなく、各国の短波放送を受信できるシステムも備えてある。そして、世界中の短波放送を受信し、その内容を分析して、必要な情報を軍や政府に流すのも大事な仕事の一つだ。だからね、テディ、これはちょっとした反則ではあるんだが、仕事上の特権ということで、俺たちはこっそりいろんな国の短波放送を聞くことができるんだよ。俺が朝日のニュースを知ったのも、カナダの短波放送を聞いたからだ」

そう言われてテディはようやく納得がいった。

「日本の一般人は短波放送を受信できない。だから、彼らは世界のニュースを耳にすることはできない。全くできないわけではないが、彼らが知ることができるのは、政府や軍が一般人に知らせてもいいと判断したものだけだ。だけど、ニュースや情報はそれがすべてじゃない。もしも君が、今のカナダがどういうことになっているのか知りたくても、軍や政府の広報ではそれは教えてくれない。だが、君が日本放送協会の社員なら、その特権を生かしてカナダの短波放送を直接聞くことができる。分かるか、テディ。君は日本にいてカナダの情報を手に入れられる数少ない民間人の一人になれるんだぞ」

これにはテディも納得せざるを得なかった。万城が言ったように、カナダの情報を得るためだけでも、日本放送協会の社員になれたのは幸運だと思った。

＊

テディは日本放送協会に再び通うようになった。

テディの東京での交通手段は、もっぱら「市電」と呼ばれた路面電車に限られていた。万城の家を出て大門の貸家に移った時、一番嬉しかったのは日本放送協会まで市電で通勤ができることだった。

テディは市電が好きだったのだ。カナダにいる時、ぼんやりと夢想していた日本のよいところが、市電には詰まっているような気がしていた。ごみごみしているが、穏やかで、のんびりしていて、どこか呑気だ。

ところが、その市電の中の風景も対米戦争が始まるとともに、次第に不穏なものになっていった。やたらとあちこちで議論をしている男たちの姿が目立つのである。

彼らの話題は言うまでもなく、すべて戦争のことだった。ある者は日本のやり方を絶賛し、ある者は今のやり方ではまだまだ手ぬるいと反論する。さらにまたある者がもっとドイツとの連携を大切にすべきだと主張すると、日本は一国だけでも十分この戦争に勝利し続けることができると宣言する者が現れる。言っていることは皆それぞれ違うようだが、戦争を賛美し、アメリカとイギリスを憎んでいることには変わりはない。

テディは、アメリカの同盟国であり、イギリスを宗主国とする国の一つでもあるカナダの人間である。両親は日本人だが、育ったのはカナダで、国籍も日本とカナダの二重国籍だ。

市電に乗りながら戦争を賛美している男たちが、テディがどういう人間なのか知るはずもないのだが、彼らの話が耳に入るたびにテディは嫌な思いをし、また彼らのことを少し怖いとも思った。彼らが、もしもテディの正体を知ったら、おそらくただではすませてくれないだろう。

だから、最近ではテディは市電に乗ると、もっぱら外の風景ばかり見て過ごしていた。なるべく車内での会話は耳に入らないよう、窓から見える風景に神経を集中させている。

けれども、その日はそうはいかなかった。

複数の男たちがさっきから喚きたてているのは、ぼんやりと耳に入っていたが、それは無視していた。しかし、そのうち「英語」という言葉がテディの耳に入ってきた。英語はテディの商売道具だ。思わず、そちらに注意を傾けると、男たちが「このご時世に」「非国民」という言葉とともに「敵性語」、さらにまた「英語が」と怒鳴っている。

見ると、三人の中年の男が一人の若い女性を取り囲んで何やら恫喝《どうかつ》しながら、彼女の手にあるものを取り上げようとしていた。ちょうどテディのいる場所から、それが何かはっきり見えた。

本だった。表紙に『Romeo and Juliet』という文字が印刷されている。シェークスピアの「ロミオとジュリエット」、それも英語版のペーパーバックだった。

事情はすぐに分かった。

今の大方の日本人にとって、英語はアメリカの言葉、つまり敵の言葉である。その敵の言葉で書かれた本を読むのは日本の国策に反する。つまり非国民だということだ。

いつぞや万城がテディにこう言ったことがあった。

「日本では英語を教えるのを止めようとしているらしい。理由は英語が敵性語だからだ。まったく信じられない話だよ。敵がどんな武器を持っていて、いつどこでどれだけの規模で攻めてくるのか、それを知らずに戦えると思っているのか？　それを知るためにはまず敵の言葉を学ばなくてはならない。それなのに、そんなものなんか知らなくても勝てるのが大和魂だと言うんだからなあ」

大和魂とはそんな馬鹿げたものではない、とテディはその時言いたかったのだが、結局それは言わなかった。万城とその手の議論をしても無駄だということは最近ではテディもよく分かってきている。

しかし、そんなことはどうでもいい。問題は今、目の前に起きていることだ。若い女性が英語の本を持っていることで、三人の男たちに絡まれている。ところが恫喝する男たちに向かって、若い女性がピシャリと言った。

「闇雲に敵を憎んでどうするんです。相手を知って理解しなければ、戦うことだってできないでしょう。私はシェークスピアを読んで、対戦国の人々を学んでいるんです」

その言葉を聞き、テディは既視感を覚えた。

ずいぶん昔に同じようなことを聞いた覚えがある。

そうだ、監督や児島さんたちだ。白人の横暴に怒った僕を、いつもそう言って諭してくれた。おかげで今の自分がいる。

そう思った瞬間、テディは座席から立ち上がり、その男たちのところへ歩いていっていた。こういうところは朝日でピッチャーをやっていた時の癖が残っているのかもしれない。テディは考えて結論を出すよりも先に、まず体が動いてしまうタイプの人間なのだ。

テディはペーパーバックを今にも引き裂かんとしている男の手首を掴まえた。

「いてて」

情けない声を出すなり、男の手からポロリと本が床に落ちた。

野球を辞めて十数年経つが、あの頃鍛えたテディの筋力はまだ人並み以上のものがある。しかもテディはピッチャー、それも変化球を多投する投手だった。並の握力では百球もカーブを投げ続けることなどできない。

「何しやがる」

三人の中で一番背の高い男がテディに向かって怒鳴った。といっても、日本人離れした身長のテディに比べると、まだ幾分か低いのだが。

「三人の男が寄ってたかって、一人のお嬢さんを怒鳴るのは感心しないね」

テディはできるだけ下手に出た。争いごとが嫌いなのだ。とりわけ殴り合いのような喧嘩は大嫌いだ。なぜなら、素手で殴り合う以上に危険な、武器を持った戦いを子どもの頃に経験したことがあるからだ。

しかし、テディがいくら争いごとを避けたくても、相手がそうとは限らない。

テディは自分を怒鳴りつけた男の目をじっと見つめた。睨みつけるのではなく、ただ見つめたのだ。そうすると、不思議なことにたいていの人は、怒りは消えなくても、戦意は失う。その男もそうだった。テディがやわらかく見つめると、さっきまでの殴りかかってきそうな勢いは消えたが、だからといって怒りまで収まったわけではなさそうだった。

「この女はな、この非常時に相応しくない本を読んでやがったんだ。敵性語で書かれた本をな！」

男がテディにそう怒鳴りつけたので、テディは床に落ちたペーパーバックを拾い上げると、パラパラとページを捲った。

「あなたの言う敵性語とはここに書かれている言葉のことですか？」

「そうだ」

「この言葉のどこが敵性語なんですか？」

「分からない野郎だな。それは英語だ。アメリカ兵が使ってる言葉だから、英語は敵性語なんだよ」

「アメリカ兵はこんな言葉は使ってませんよ」

「なんだと⁉」

テディはいきり立つ男に、本のページを開いて見せてやった。

「これはシェークスピアの戯曲です。シェークスピアは十六世紀のイギリス人で、ここに書かれているのも十六世紀の英語です。言ってみれば、日本人にとっての『方丈記』や『愚管抄』のようなものです。あなたはそういう本に書かれている四百年前の日本の言葉で話をしますか？　今のアメリカ兵の中に、この本に書かれているような言葉を喋っている兵士は一人もいませんし、よほど教養のある兵士でない限り、これを読むことすらできませんよ」

テディがカナダで育った日系二世でありながら『方丈記』や『愚管抄』などを知っていたのは、日系一世で、バンクーバー朝日の名付け親でもある鏑木という老人のおかげだった。

『いくらカナダ育ちだからって、日本人の魂を忘れるのはわしが許さん』

そう言って、無理矢理テディに日本の古典を読ませたのだ。

まさか、あの時のことがここで役に立つとは。

テディは思い出し笑いしそうになるのを堪えつつ、なるべく怖そうな顔で男たちを睨みつけた。

翌日、ずっと働きづめだったテディに、万城が久々の休日を与えてくれた。

「実は戦局の変化に合わせて、我々の放送方針を少し変えようと思っているんだ。今日は俺と赤西少佐、さらに上層部の面々でその打ち合わせがある。場合によってはこれまで以上に忙しくなるかもしれないから、休める時に休んで英気を養っておいてくれ」

その降って湧いた休日の間に自分が何をするつもりなのか、テディはよく承知していた。

テディがニヤニヤしていると、万城はすかさずそれを見とがめた。

「何だ、そんなに休みが嬉しいのか？　まさか野球でもしようってんじゃないだろうな？　今野球をやることはご法度だ。英語同様、敵性スポーツだからな」

「まさか、そんなことするつもりはないよ。確かに庭にバッターボックスを作って素振りはしてる。昔身についた習慣ってのは恐ろしいよ。たまに身体を動かさないと気持ち悪いんだ。でも試合はできない。そもそも人が集まらないしね」

「じゃあ何をする気だ？」

「市電に乗ろうかと思って」

「ふうん、市電に乗ってどこに行くんだ？」

「え？　いや、そうじゃない。特に行きたいところがあるわけじゃあ……」

「目的地もなしに市電に乗るのか？　妙な奴だな」

「いや、そうじゃない。目的はあるんだ。いや、だから、その……」

テディはへどもどしながら、わざとらしく話題を変えた。

「ところで、万城さん、君はシェークスピアを原文で読めるか？」

「いきなり何を言うんだ。そりゃあ俺にとって英語は母語も同然だが、だからといってイギリス文学を、しかも中世の文学を専門に勉強したわけじゃないから、シェークスピアを原文で読むのは無理だな。現代語訳した英語でなら読めるが。それがどうした？」

「いや、僕も読めないんだ。でも、今となったら少し後悔もしているんだよ。大学時代に勉強しておけばよかったと思って」

「そんな必要はないさ。君は中世の英語を勉強する代わりに、大学で現代のアメリカン・イングリッシュを学び、ついでにアナウンサーの技術まで習得した。それがすべて今の君の仕事に役立っているじゃないか。

だけど、どうしたんだ？　いきなり市電だとかシェークスピアだとか。あ、そうか、市電に乗って神田まで行って、シェークスピアの本でも買おうっていうのか？　それなら今のうちに行っておいたほうがいい」

「どうして？」

「今も売っているかどうか怪しいくらいだが、日本では英語で書かれた書物はおおっぴらに買うことも売ることもできなくなるだろうからね」

「それは英語が敵性語だからか？」

「そうだ」

「だけど、シェークスピアは中世の英語で……」

「そんなこと日本人で知ってる奴なんているものか。前にも言っただろう、テディ、大衆っていうのは愚かなんだよ。あいつらは現代英語とシェークスピアの英語の区別もつかない。それでいて、英語で書かれていると知ると、そういう本を読んでいる人を国賊呼ばわりしたりするんだ。まったくもって大衆っていうのは愚かな連中だと思わないか？」

万城にそう言われて、さすがにテディもどう返事をしていいのか分からなかった。まさか、君の言うとおりだ、僕もこの前そう言ってやったんだよ、とは言えない。

結局、テディはその日、予定していたとおり市電に乗り、それに飽きると神田の古書街に行き、フルモトならぬフルホンを漁った。だが、探しているものはなかなか見つからなかった。

そしてそれからも、忙しい仕事の合間を縫っては、市電に乗って神田の古書街に出かけて行った。

「このままだともう二度と会えないままかもしれない」

テディが探していたものをようやく見つけ出したのは、その年も終わろうとしている師走後半のことだった。その日テディは神田の古書街の外れにある古書店でシェークスピアのペーパーバックを数冊手に入れ、その帰りの市電の中で、ずっと会いたいと思っていたあの女性と再会したのである。

＊

年が明けて一九四二年、テディには二つの新たな習慣が加わった。

一つは日本放送協会のスタジオで、仕事のためと偽ってカナダの短波放送を聞くことだった。もちろん公にではないし、協力してくれた技師によってやんわりと監視されている。それでもこの放送によって、テディはカナダの現状を大まかながら知ることができた。

カナダの日系人は日米開戦後ほどなくして、全員が収容所へ強制収容されてしまったらしい。その際、個人の財産として所持できるものは両手に持てるだけの荷物に限られたというから、ほとんど全財産を没収されたに等しい。

つまり、テディのカナダの両親たちは何十年もかけて築き上げて経営してきた古本旅館をカナダ政府の手によって奪い取られた、ということだった。テディが育った家だけではない。テディが遊び回ったバンクーバーの日本人街はくまなく日系人たちが住む家だけで構成されていた。その日系人が全員、財産を没収された上に強制収容されたということは、日本人街自体がこの世から消え失せてしまったということだった。

当然、パウエル球場でバンクーバー朝日が活躍する姿を見ることもできなくなっているのだろう。

つまり、テディの帰る場所がなくなってしまったのだ。

このことを知って、テディは愕然とした。誰が故郷が消失するなんて想像するだろうか。あまりの衝撃にテディは悲しむことすらできなかった。悲しみも強すぎると、感覚が麻痺してしまうものらしい。

最初にテディが感じたのは、自分一人が無事だったことへの罪悪感だった。

偶然とはいえ、テディは日米戦が開戦する数ヶ月前に日本に来た。すぐにカナダに帰らず、ズルズルと日本に滞在していたのはテディの望みではなかった。だが、カナダに帰らなかったおかげで、テディはバンクーバーの日本人街の住人の中でただ一人、収容所へ送られずにすんだのだ。

しかし、そんな自分を幸運だったとはとても思えない。とはいえ、皆と一緒に収容所へ送られたほうがよかったとも思えなかった。

テディは混乱し、これからどうすればいいのか考えた。だが、答など出るはずがない。全ての原因は日本がアメリカに宣戦布告したことだ。

国と国との争いに対して、テディにできることなど何一つとしてない。テディの仕事は厭戦放送によってアメリカ人の戦意を挫き、一日も早く戦争を止めさせることを目的にしている。とはいえ、その放送にどれだけの力があるというのか。

しばらくの間、テディは呆然としていた。そして、こんな時唯一相談できそうな相手、万城にカナダの日系人の話をしてみた。

だが、万城の話はテディの気持ちを軽くするどころか、ますます暗くさせた。カナダばかりではなく、アメリカでも日系人の強制収容が始まった、というのだ。

万城も生まれ育ったアメリカの様子が気になるらしく、短波放送以外にも独自のルートを使って、アメリカでの日系人の待遇を調べていたらしい。

しかし、万城の話を聞く限りでは、アメリカのほうがカナダよりはまだ少しだけましのようだ。アメリカでは日系人が全員収容所へ送られたわけではない。中には収容所行きを免れた者もいる。とはいえ、彼らは例外なく社会的地位を剥奪され、全員職を失った。

「だから、この前はこんなことがあったらしい。これもアメリカの短波放送で聞いたんだが――」

と万城は前置きをして、テディに言った。

「アメリカのある日系人が日米戦のせいで勤めていた会社をクビになった。そこで、これでは食っていけないと失業保険を申告したら、政府がきちんと保険金を払ってくれたそうだ。おかげで、この日系人は収容所に送られても、失業保険だけは手に入る身分になったんだとさ」

「日系人と差別した上で、保険金だけはルールに則って支払うのか。やっていることが滅茶苦茶だ」

テディが文句を言う。

「だが、アメリカらしいと言えば、実にアメリカらしいやり方だ」

「それはそうかもしれないが、だとすると、アメリカよりもカナダのほうが状況としては酷いのか？」

「それはそこにいる人たちそれぞれの考え方、感じ方にもよるんじゃないかな。たとえば今アメリカでは一部の日系人たちが徴兵に応じようとしている」

「アメリカの日系人がアメリカ軍の兵士として戦うってことか？　でも、どうして？」

「俺には彼らの気持ちが痛いくらいによく分かる」

いつもは世の中を斜めに見るような万城もこの時は酷く真面目な顔つきだった。

「彼らは俺と同じだ。両親は日本人で、体に流れているのは日本人の血だが、生まれ育ったのはアメリカで、気持ちの上ではアメリカ人なんだ。だが、アメリカの白人たちは彼らのことをアメリカ人だとは思ってくれない。白人たちは日系人を差別してきた。そこへ来てこの戦争だ。アメリカの日系人たちは敵性外国人だということで、何割かの人たちはすでに収容所へ送られる始末だ。だが、日系人の中には自分たちは日系ではあるがアメリカ人なのだから、アメリカ人として扱って欲しいと願っている者も結構いる。そういう日系人たちはこの戦争をある意味、チャンスだと考えている」

「チャンスだって？」

「アメリカに対する忠誠心を示すチャンスさ。もしも彼らが戦場へ出て、アメリカ人のように戦えば、彼らは日本人ではなくアメリカ人であることを証明することができる。アメリカに忠誠を誓っていることも」

「そうまでしてアメリカ人になりたいのか？」

「そうだ、そうまでしてアメリカ人になりたいんだ」

　万城の語気は強かった。

「君はそうまでしてカナダ人にはなりたくないようだが、カナダにいる日系人の中にも、カナダ軍に進んで参加して、カナダに対する忠誠心を表したいと思っている人が少なからずいるはずだ」

　これは万城が正しかった。この頃、カナダの日系人の中には、自ら進んで兵役を志願する者が続々と現れていた。兵士として戦場に出ることで、自分は日本人ではなくカナダ人であることを証明しようとしたのである。

　だが、カナダ政府は日系人を徴兵しようとはしなかった。日系人を信用していなかったのだ。カナダ政府はカナダで生まれて育った人間でも、日系人というだけで、その人のカナダに対する忠誠心をまったく信用しなかった。

一方、アメリカ政府は日系人でも徴兵に応じる者はどんどん軍人として徴用した。

この場合、アメリカ政府とカナダ政府とでは、どちらのほうが日系人に対してより道義的な扱いをしていることになるのだろうか？

「戦争はまあ悪と言えば悪だが」

万城はテディに言った。

「その戦争にすら参加できない辛さというもののもこの世には存在するんだよ、テディ」

これにはさしものテディもひと言も反論できなかった。

「そういう意味では、アメリカ軍に徴兵された日系人、少なくとも自ら志願して兵隊になれた日系人は幸せなのかもしれない」

「徴兵された日系人はどうしたんだ？　まさか日本軍と戦わされたのか？」

「いや、さすがにそれはしないだろう。主にはヨーロッパ戦線に送られているようだが、他にも使い方はある。以前にも君に言ったことがあるじゃないか。語学兵だよ。彼らは日本語という武器を使って日本を攻めてくるんだ。一方、俺たちは英語という武器を使ってアメリカ人の戦意をそごうとしている。言ってみれば、俺たちは彼らと似たような仕事をしているんだ。俺たちは日本の語学兵なんだよ。そういう意味では俺たちもまた戦争に参加している兵士の一人ではあるんだ」

「だけど、僕たちは戦争を止めるためにやっている。そうだろ？」

思わずテディが語気荒く万城に聞くと、

「そうだ。まったく君のいうとおりだ」

と万城は深くうなずいた。

「だがね、テディ。戦場に出ている兵士たちは、どの兵士も例外なく俺たちと同じことを考えているんだ。戦争が大好きで、いつまでも人を殺したいから戦争をしている兵士なんてものはこの世に存在しない。彼らは一日も早くこの戦争を終わらせるために、敵の兵士を殺しているんだよ」


戦況はしばらくの間、日本軍が圧倒的に有利なまま進行していった。

真珠湾攻撃の成功から三日と経たないうちに、レパルス、プリンス・オブ・ウエールズ撃沈という敵艦撃沈のニュースが入り、続いてアメリカ太平洋艦隊全滅、イギリス東洋艦隊全滅という信じられないようなニュースが日本放送協会の放送によって報道された。

日本軍の勢いはとどまるところを知らず、その後グアム島を陥落させ、香港を支配していたイギリス軍が敗走。さらにマニラ、シンガポールを立て続けに占領した頃には、日本人の誰もが日本軍の強さをまったく疑っていなかった。

ちなみにこの香港での戦いでは、イギリス連邦としてのカナダ軍と日本軍が激突している。これは第二次大戦の期間中唯一の日加戦だった。

戦いは日本軍が勝利し、イギリス兵とともに多くのカナダ兵が日本軍の捕虜となったのである。

しかし、日本軍がどれほど敵軍をやっつけようが、戦争が終わる気配はまったくない。そして、それをテディはある意味当然のことだと思っていた。

シンガポールが日本軍によって陥落したというニュースが伝えられた時、日本は国中をあげて喜びの声を上げげた。まるでこれでアメリカとの戦争に勝ったかのような喜びようだった。

だが、とテディは思った。

「アメリカと戦争をして、しかも勝つ気があるのなら、攻めるべき場所はシンガポールではなく、アメリカじゃないのか？」

これは素朴ではあるが、ごく真っ当な考えだとテディには思えた。

テディは決して好戦的な人間ではないし、この戦争を大方の日本人のように〝よいもの〟だとも思っていない。それはテディが飛び抜けた国際感覚を持っていたため、この戦争の無益さを誰よりも早く見抜くことができたから、ではない。

テディは日本人ではあるが、カナダに故郷がある。そこが子どもの頃から育ったところであり、自分を育ててくれた両親もそこに住んでいる。友達もそこにいる。自分もそこで生き、おそらくはそこで死ぬと思っていた。ところが今や、故郷のバンクーバーに住んでいた両親や友だちたちは皆、日系人だという理由だけで強制収容所へ送られてしまった。故郷である日本人街も消滅した。すべて日米間に戦争が起こったせいだ。

テディがこの戦争を嫌う理由はそれだけで十分だった。

そして、この戦争を嫌い、憎んでいるからこそ、日本軍の戦勝に浮かれている日本人たちよりも冷静にこの戦争を見ることができた。だから、テディは万城に言った。

「どうして日本軍はアメリカを攻めないんだ？」

もちろん、アメリカ本土を攻められる拠点を日本が持っていないことは分かっている。日本本土からアメリカ本土まで、給油なしに往復することはできないのだ。アメリカと戦争をするのは無益だが、そのアメリカと戦争をしているのに、アメリカ以外の国を戦争に巻き込むことはさらに無益だと思ったのだ。

ところが案の定、万城はテディの言葉を一笑に付した。

「テディ、君は何も分かっちゃいない」

といつもの台詞を言い、万城は説明した。

「今の日本に一番必要なのは戦争を継続させるための物資なんだ。その中でもとりわけ必要なのは石油だ。開戦によってアメリカからの輸入は止められたが、石油は東南アジアに唸るほど埋蔵されている。だから、日本はそのためにまず東南アジアを自分たちの傘下に置こうとしているんだ」

「そういうことは戦争を始める前にしておくべきじゃないのか？」

「それは確かにそうだ。物資を完全に補給できる状態にしておいてから、戦争を始めるのが確かに理想ではある。だけど、テディ、君の言うのは机上の空論だ。戦争を自分の都合のよい時に始めるわけにはいかないんだよ」

「そうか？　だって、真珠湾を攻撃することで、この戦争を始めたのは日本じゃないか。戦争を始めたら石油がないことが分かっていたのなら、どうして戦争を始めてから、慌てて東南アジアの国を攻めて、石油を奪い取ろうとするんだ？」

「日本は石油を奪い取ろうとしていないし、戦争を始めてから慌てて東南アジアを攻めたわけでもない。日本が攻めているところは、敵国であるアメリカやイギリスの植民地で、日本軍は植民地になっているアジアの人々をアメリカの植民地政策から救ってやるために攻撃しているんだ」

「救うために攻撃する？　そんな矛盾があるもんか！」

テディがそう言うと万城は怒ったような顔つきでテディを睨みつけていた。

「テディ、君は戦争というものをまったく理解していない」

ぼそりとつぶやくと、テディに背を向けて紙巻き煙草に火をつけた。戦争が始まって以来、万城と戦争の話になると、いつもこの台詞、「テディ、君は何も理解していない」で無理矢理終わらされてしまう。

もちろん、万城との議論にテディが勝ったとしても、それで戦争が終わるわけではない。テディが現状に不満があるのであれば、その文句をぶちまけるべき相手は国家であって、万城個人ではない。そして、国家はテディも万城も相手になどしてくれない。そんなことは百も承知だが、それでもテディは言わずにはいられなかった。

「なぜこんな戦争が起きてしまったんだ？」と。

そして、万城は万城なりにその問いに答えてはくれるが、その答はいつ聞いてもテディの納得のいくものではなかった。

テディは話し相手が欲しかった。万城のように戦況を分析しなくてもいい、テディが「戦争は嫌だ」と言った時にただ同意してくれるだけの、そんな話し相手が欲しかった。

そんな時、出会ったのが鈴木春江だった。正確には出会ったのではなく、テディが探し出したのだが。

年が明けて新たに加わった習慣のうち、もうひとつが彼女と会うことだった。

春江はいつぞや市電の中で愛国者に絡まれているところをテディが助けた女性だっ

た。彼女がシェークスピアを原文で読んでいたことに、テディは彼女の知性と、さらには勇気を感じた。このご時世に人目のあるところで英語の本を読むのは、男でもなかなかできることではない。それは今の日本のやり方にさりげなく「ノー」と言っているということだからだ。

英語と、今の日本のやり方に対する漠然とした反感。そして彼女が暴漢たちに告げた台詞。テディはそれが自分と彼女との共通項だと思い、もう一度彼女に会いたくなった。彼女になら、自分の悩みや憤懣《ふんまん》を打ち明けることができると思ったのだ。

そこでテディは根気よく市電に乗り、彼女の姿を探し求めたのだ。

春江は実家で家事を手伝うかたわら、週に二回神田の英語学校へ通っていた。時節柄、英語の授業はなくなってしまっていたが、春江の授業が終わってから近所で待ち合わせをするのが、テディと春江の習慣になっていたのである。そんなある日、テディは思い切って彼女を大門にある自宅へ誘った。

春江は一瞬驚いたようだったが、すぐに「はい」と返事をしてくれた。

彼女と話すことだけが、押し潰されそうな不安を紛らわせる方法だった。

プログラム４
～一九四二年春―夏～

「春江ちゃん、これを見てほしいんだ」

そう言うなり、テディが鞄から一冊の雑誌を取り出した。

当時としては珍しいグラビア誌で、表紙のレイアウトなどは他の日本の雑誌と比べるとかなり垢抜けしている。それもそのはずで、表紙には『ＦＲＯＮＴ』と英語で雑誌名が印刷されていた。

今、日本では英語を用いることを禁止され、その規制は日用品にまで及んでいる。万城がぶつくさ文句を言いながら吸っているゴールデンバットという煙草すら、「金《きん》鵄《し》」という名前に変えさせられてしまった。今、日本の雑誌の名前に英語を用いることなどあり得ない。

だから、春江はこの『ＦＲＯＮＴ』はてっきりアメリカかイギリスの雑誌なのだと思い、テディに勧められるままページを捲った。

巻頭の見開きのページに大きく軍艦の写真が掲載されている。

「アメリカ軍の雑誌なのかしら」

そう思いながら写真をよく見ると、軍艦のマストにはためいている旗は日章旗である。ということは、これは日本海軍の軍艦だ。

写真の右に英文でキャプションがあったので、英語の読める春江がそれを読んでみると、内容は日本軍の強さを称えるものであった。

アメリカ人が日本軍を称える？

春江は訳が分からなくなり、急いで次のページを捲ると、そこにも外地で戦う日本軍の勇ましい姿とともに、その活躍を誉め称える文章が英語で書かれている。

「何なんですか、この雑誌は？」

春江が聞くと、テディは困ったような顔をしながら言った。

「これは日本軍が、日本軍の強さを外国人にアピールするために作った雑誌なんだ」

「そうだったんですか」

これで春江の謎は解けはしたが……

「でも、そんなことをして何になるんです？」

春江はこう聞かずにはいられなかった。

「これを読んだ敵国人が、こんな強い日本を相手に勝てるはずがないと思って、戦争を止める……と陸軍のお偉いさんは考えているんだ」

「そんな都合のよいことってあり得るんでしょうか？」

「僕にはよく分からない。というか、分からなくなってきているんだ」

そう言ってテディは訴えかけるように春江の顔をじっと見たが、すぐに視線をそらしてしまった。春江は綺麗な顔立ちをしている。その美しい顔を凝視するのは、何だか不躾すぎるような気がしたのだ。

「この前、春江ちゃんが僕に聞いたよね。『何のお仕事をしてるんですか？』って」

「ええ。今度会った時に話すって言って下さいました」

「それで今日、僕の家に来てもらったんだ。まずこの雑誌を見てもらいたかったんだけど、英語で書かれている雑誌を人前で開いたりしたら、また絡まれてしまうからね」

「そうですね。この雑誌ではせっかく日本軍のことを誉めてるっていうのに、英語で書かれてるっていうだけで反感を買うでしょうね。でも、忠義さん――」

当然のことだが、春江はテディのことを日本名で呼んだ。

「じゃあ、あなたはこの雑誌を作ってらっしゃるんですか？」

「そうじゃない」

テディは珍しく強い語調で否定した。春江に少しでも誤解されたくなかったのだ。

「僕はこんな戦争礼賛の本なんて作ったりはしない。だけどね、春江ちゃん」

「はい」

「もしかすると、僕の仕事もこの雑誌と似たようなものかもしれないんだ」

それから、テディは自分の仕事の説明をした。アメリカ人を厭戦的な気持ちにさせるために、日本放送協会のスタジオのマイクの前で、アメリカの人々に話しかけている、ということを。

「それは、素晴らしいお仕事です」

春江はすぐにそう言ってくれたが、テディの顔色は冴えなかった。

「うん、僕も最初のうちはやり甲斐のある仕事だと思っていたんだ。だけどね、それは戦争が始まる前までのことだった。それまで僕はマイクの前で必死になって戦争の愚かさを訴える原稿を読み続けていた。だけど、いざ戦争が始まり、しかも日本軍が勝ち続けると――」

そう言ってテディは『FRONT』の表紙をピシャリと叩いた。

「僕が話す内容はこの雑誌とほぼ同じようなものになってきた。『日本軍はこんなに強い。だから、アメリカ人たちよ、戦争を止めなさい』。僕は毎日マイクの前でそう言っているんだ」

「でも、そのおかげで戦争が一日も早く終わるのであれば」

「春江ちゃん、君はアメリカ人がこの雑誌を読んで戦争を止めると思うかい？」

「それは……」

春江は一瞬言い淀んだが、ここで誤魔化してはかえって失礼になると思ったのだろう。すっと真顔になって、

「無理だと思います」

はっきりとそう言い切った。

「私は学校で英米文学を学んできました。彼らの生み出した文学は素晴らしいですし私もその大ファンです。だからこそ英語を勉強して、原文を読めるように頑張ってきました。

ただ勉強の過程で、彼らの豊かさ、強さも身に沁みて感じているつもりです。彼らは日本の圧力に屈するような人たちではありません。こんな高圧的な雑誌を読んだくらいで戦争を止めるだなんて……」

「そうだろう。僕もそう思う。僕は日本が今勝っているのであればなおのこと、下手《したて》に出て、アメリカ人に戦争の愚かさを訴えるべきだと思ってる。ところが、軍部の考え方はまるで逆で、アメリカ人を脅しつければ戦争は終わるものだと思っているらしい。昨日なんてスタジオに神主を呼んできて祝詞《のりと》をあげさせていたんだよ」

「神主に祝詞を？」

「ああ。日本のありがたい祝詞をアメリカ人に聞かせて、それで敵を折伏するつもりらしい」

テディがそう言うと、春江は途端に笑い出した。

「春江ちゃん、君は笑うけどね、神主をスタジオに連れてきた軍人さんは本気なんだよ。日本語で唱える祝詞を聞けば、アメリカ人は恐れをなして戦争を止めると本気で信じているんだ」

テディはそう説明しているうちに、だんだん自分でも馬鹿馬鹿しくなってきて、とうとう春江に釣られて笑い出してしまった。春江は十八歳だから、俗に言う箸が転んでもおかしい年頃だ。そして、その春江の笑い声にはどこか人をほっとさせるものがある。

二人でひとしきり笑うと春江は真顔になった。

「でも、その軍人さんのことは笑えませんわ。だって、今、あちこちのお寺でも米軍をやっつけるって言って加持祈祷をあげているんですもの」

「カジキトーって？」

「つまり、米軍を祈り殺そうとしているんです」

「お寺のお坊さんが？」

「ええ、いくら敵だと言っても、お坊さんがそんなことをしていいのかしら」

春江が真面目にそのことで悩んでいる様子だったので、テディは再び笑ってしまった。

しかし、よくよく考えればこれは笑い事ではないのである。戦争というのは究極は兵器と兵器、そして兵士と兵士の戦いだ。神主が祝詞を唱えて勝てるはずがないし、そんなものを聞いて敵が恐れ入るはずもない。

ところが、日本の軍部はそれを本気で信じているのだ。

これがのちに世界中に悪名を馳せる日本軍の「精神主義」であった。気合いを入れれば、精神統一すれば、大和魂さえあれば、どんな敵にでも打ち勝つことができると信じているのだ。この発想を突き詰めていくと、たとえ武器がなくても、十日間何も食べていなくても、敵の数が味方の百倍いるとしても、それでも日本軍は必ず勝つ、という結論になる。そしてこの結論から、アメリカ軍の爆撃機Ｂ29に対して、地上から竹槍で攻撃するという、子どもでも思いつかない馬鹿げた作戦が真面目に考え出されることになるのだ。

しかし、そんな愚かな作戦が立案されるのは、さらに戦況が悪化する数年先の話である。

だから、テディは春江と一緒に日本軍の話をしながらもまだ笑っていられた。そして、テディはこの時、日本に来て以来、ほとんど初めてと言っていいくらいのんびりした気分を味わっていた。春江に自分の悩みを打ち明けたところで問題が解決するわけではない。今もカナダでは大切な人々が敵国人扱いを受けて苦しんでいることだろう。それを考えると、心配で仕方ない。それでも春江の前で自分をさらけ出すと、テディは気分が落ち着くことに気がついた。そして、できれば春江ともっとこういう機会を持てればいい、とも思った。

テディに不満があるとすれば、春江が自分のことを「忠義さん」と呼ぶことだけだった。

『ねえ、テディ』

テディは春江からそう呼んでもらいたかったのだ。

「ねえ、テディ。番組の内容を大幅に変えようと思っているんだ」

万城がテディにそう言ったのは、アメリカ向け短波放送で神主に祝詞をあげさせた数ヶ月後のことだった。テディと呼びかけられて、

「僕のことを今、テディと呼ぶのは万城さんだけだな」

思わずそうつぶやいた。

「これからはそうではなくなるさ。俺以外の者も君をテディと呼ぶようになる」

万城が意外なことを言い出した。まさか自分の密かな望みを知られたのかと、テディは一瞬ドキッとしたが、まさか万城が春江の存在を知っているはずがない。

今春江のことが知られれば「国を挙げた戦争中に、何を浮かれているんだ」と怒鳴

られてしまうだろう。顔が赤くなったのを気取られないように、慌てて話題を変えた。

「番組の内容を変える？」

テディが尋ねると、万城は春江のことよりもっと意外なことを言い出した。

「番組にアメリカ軍の捕虜を出演させることはできないかと、赤西少佐が言うんだ」

これにはテディも意表を突かれた。そして次の瞬間、日本に抑留されているアメリカ兵捕虜の姿と、カナダのどこかの収容所に抑留されている日系人の姿が頭の中で重なり、理由もなくイヤな気分になった。

しかし、万城はテディの顔色が変わったことなど少しも気にしない。

「つまり、こういうことだ。今の国際法では捕虜は虐待してはいけないことになっている。だから、奴らに飯も食わせなければならないし、着るものも着せてやらなければならない。しかしそうなると、下手をすれば、配給だけで暮らしている日本人よりいい暮らしをすることになる。そこで、軍のお偉いさんがあいつらに無駄飯ばかり食わせずに何か利用できないかと言い出したらしいんだよ。

軍が考えたのはここまでだが、俺はこれはかなりいいアイデアだと思った。俺たちは今、アメリカ人に向けて戦争がどれほど悲惨で無意味なものかを訴えている。だが、その放送に今ひとつリアリティが足りないんだ。何しろ俺たちは戦場から遠く離れた安全なスタジオの中にいて、お喋りしてるだけなんだからな。そこで、もっと戦場の悲惨さを訴える力を持った人間をマイクの前に立たせて、彼らに厭戦思想を喋らせようと思うんだ」

「その戦争の悲惨さを訴えるのが捕虜なのか？」

テディが語気荒く聞き返すと、万城は嬉しげに微笑んだ。

「そうだ。実にいいアイデアだと思わないか？　戦争の最大の被害者は戦場で殺された人だが、彼らは喋ることができない。だったら、戦死者の次に悲惨な捕虜を使うしかないじゃないか」

あっさりと残酷なことを言い放った。だが、テディが眉間に皺を寄せているのに気づいたのだろう。少しだけテディの機嫌をとるような声で付け加えた。

「しかし、これは人道的な意味もある。

日本軍は捕虜を捕らえたからといって、いちいち彼らの名前をアメリカに教えたりしていない。つまり、捕虜の親族にしてみたら、自分たちの息子や兄弟や夫や恋人が生きているのか死んでいるのかも分からないんだ。こんなことは言いたくないが、今アメリカでは日本の印象は最悪だ。日本人ならアメリカ人の捕虜を拷問した上で殺しかねないと本気で信じている。

ところが、捕虜にマイクの前で喋らせることができれば、彼らが生きていること、それもマイクの前で話ができるほど健康であることもアメリカの人たちに知らせることができるんだ。間違いなく、アメリカにいる捕虜の親族たちは、捕虜の元気な声を聞いて大喜びするだろう」

「だけど、それは捕虜の人たちを晒し者にするってことじゃないか」

するとと万城はこれ以上面白い冗談は聞いたことがないというふうに大声で笑い出した。

「テディ、君は俺が思っていた以上に日本人なんだな。どうして捕虜が敵国の放送で『僕は生きている。お母さん、安心してくれ』と言うことが晒し者なんだ？　俺がもしも捕虜なら、ぜひそういう放送に出演させてほしいと思うけどね。捕虜が放送に出ることを恥だと考えるのは、戦陣訓と同じ発想じゃないか」

「センジンクン？」

「日本の軍人が戦場でどういうふうに振る舞うべきかを定めたルールブックみたいなものだ。君が日本に来る半年前に陸軍大臣だった東條閣下が定めたんだよ。その中には敵国で捕虜になった場合、どうすればいいかもちゃんと書いてある。『生きて虜囚の辱めを受けず』、要するにおめおめと捕虜になるくらいだったら、その場で自殺しろと言ってるんだ。なぜなら日本人にとって捕虜になって生きていることは恥だからだ」

「どうして生きていることが恥なんだ？」

「それが武士道の精神なんだよ」

「そんなことはない！」

テディは思わず怒鳴った。

「僕はバンクーバーで武士道の精神を教わった。鏑木さんという人が教えてくれたんだ。武士道というのはどんな時でもあっさり死ぬことだと誤解している人が多いが、そうじゃない。どんな時でも平気な顔をして生きていることこそが武士道だって」

「そいつは素晴らしい解釈だな。ただ、今は武士道について議論している余裕はない。新しいプログラムについてだ。捕虜を使って北米向け厭戦放送をするんだ」

武士道についてはもちろん、万城の説明は腑に落ちないものだったが、捕虜の声を家族に届けるという、新番組の人道的な側面にはテディも賛成だった。

「分かった。じゃあ、僕にできることならやってみよう」

「いや、君でなくてはできないんだ」

万城はそう言ってニヤリと笑った。

「何しろ番組の題名もすでに決まっているんだ」

「それと僕と何の関係があるんだ？」

「大ありだよ。番組の名前は『テディーズ・アワー』に決定した」

「ちょ、ちょっと待ってくれ、僕の名前を番組名に使うのか？」

「いいアイデアだと思わないか？　君が司会をする番組なら、アメリカ人も喜んで聞いてくれるよ。何しろ、カナダで勇名を轟かせた朝日の元エース、テディ古本がＤＪを務める『テディーズ・アワー』なんだからな」

その日、テディは大門の自宅で布団に寝転がりながら、これから始まる『テディーズ・アワー』という番組のことを考えていた。いったんは万城に「やる」と言ったものの、一人になって思い直していると、本当にやっていいものかどうか次第に決心がつかなくなってくる。

テディが悩んでいることの一つに国際法の問題がある。

日本放送協会に入って厭戦放送に従事するにあたり、テディは協会の資料室から『国際法』の分厚い本を引っ張り出して目を通した。

一九二九年に追加締結された「ジュネーブ条約」には、戦時国際法としての傷病者及び捕虜の待遇が規定されている。暴力はもちろん、最低限度の生活を保障しなければならなかった。

ところが、日本はこれに署名していたものの、軍部と枢密院の反対によって批准していなかったのである。

当時の国民が知らされるところではなかったが、真珠湾攻撃の直後にアメリカは日本政府の姿勢を問い合わせてきていたものの、政府はまだ返答をしていない。

捕虜の扱いに関する日本政府の姿勢は、限りなく不明瞭だった。

万城に問いただしてみても「おそらく大丈夫だろう」という心許ない返事しかない。「万が一、国際法に違反していたって大丈夫さ。勝てば官軍と言うじゃないか。この戦争で日本が勝てば、国際法に少々違反したからといって、敗戦国から文句を言われることはない」

と、とんでもないことを言うだけだった。

とはいえ、テディにとって一番気になっているのは、難しい法律問題ではなく、信義や心の問題だった。

日本で捕虜になっているアメリカ兵たちにアメリカに向けて、自分が無事であること、そして戦争が無益であることを訴えさせる、それ自体は悪い考えではない。

だが、捕虜たちがすべて自分の言いたいことを自由にマイクの前で話せるわけでもないのだ。

軍部がこの放送を捕虜と日本軍との間の取り引きだと考えているのは明らかだ。

捕虜たちは自分が生きていることを本国に伝えることができる。その代わりに、日本軍の意向どおりのメッセージをアメリカに伝えろ、というわけだ。卑近なことを言えば、例えばろくな飯を食わせてもらっていない捕虜でも、軍が命令すれば「僕は毎日日本の軍人さんから大変なご馳走を食べさせてもらっています」と言わなければならない。

どれほど日本軍に反感を持っていようが、「日本軍は素晴らしい。アメリカが勝てるはずがない」と言わされるかもしれない。

万が一反抗しようにも反抗する術がないはずだ。国際法に捕虜の生命を守る規程があったところで、捕虜はしょせん捕虜でしかない。その生殺与奪権は常に捕らえている側、つまり日本の軍人が持っているのである。そして、そのことを捕虜は痛いほどよく理解している。捕虜は絶対に日本軍の意向には逆らえない。

「それはフェアネスに、つまり武士道に反するんじゃないのか？」

そのことについてもテディは万城に問いただしてみたが、万城の答はあまりにもあっさりしたものだった。

「テディ、それが戦争なんだ」

だから、テディは考えざるを得なかったのだ。これから始まろうとしている〝自分の番組〟について。効果はどうあれ、自らの意思でなく、日本に都合のいいことを強制的に喋らせることに問題はないのだろうか――。

だが、何をどう考えても、思案は袋小路の中に入っていき、やるべきなのか、やらざるべきなのか、と春江が好きなシェークスピアの『ハムレット』のような煩悶の中に陥ってしまう。

その時、ふと「父さんや母さんはどうしてるだろう」と唐突にバンクーバーの両親のことを思い出した。

テディの両親がこの時点ですでにカナダの強制収容所へ入れられていることだけは、テディにも分かっている。だが、収容所でどのような待遇を受け、どのような生活を送っているのか、すべて不明である。生きているのか、死んでいるのかさえ分からない。

それは何もテディの両親に限ったことではなかった。カナダに住んでいる日系人が今どうなっているのか、それを知る術がまったくないのだ。

「せめて元気で生きていることだけでも分かれば」

そう思ったが、そんなことを万城に言えばやはり「それが戦争なんだ」と言われるのがオチだ。

確かにそうかもしれない。外国に住む両親の安否すら知ることができないのが戦争というものなのだ。

そこまで考えた時にテディの頭に閃いたことがあった。

日本に捕らわれた捕虜に子どもがいれば、その子どもは父親の安否をどんなことをしてでも知りたいと願うだろう。

「その子どもは僕なんだ」

テディはそう思った。

「もしも、父の安否を知らせてくれた人が、そのことで国際法に違反したとしても、それでも僕はその人に感謝するだろう」

だとすれば、自分はやはりその番組をやるべきなのだ。テディはそう決心した。


当時、大森に東京俘虜収容所というものがあった。俘虜とは捕虜のことである。太平洋戦争の最中、日本には約百三十ヶ所の捕虜を収容する施設があり、そこにおよそ三万六千人の捕虜が収容されていた。その中でも代表的なものが、この東京俘虜収容所である。ここだけでおよそ六百人の捕虜が収容されていたという。終戦後、東條英機などA級戦犯と目された人たちが、巣鴨プリズンに収容されるまでの間、この東京俘虜収容所へ入れられたことで一躍有名になるのだが、それは後のことである。

『テディーズ・アワー』の放送が決まると、万城とテディは赤西少佐に連れられ、この東京俘虜収容所を訪れた。アメリカ人捕虜と面談し、その中から放送に出演するに相応しい人物を選ぶためだった。

「よく喋って、よく泣く奴を選んでくれればいい」

赤西少佐はDJをするテディがいない時を見計らって万城に言った。

「そんな奴なら、マイクの前で本国の親兄弟に向かって、泣きながら戦争の悲惨さを訴えてくれるだろう」

「実はそこのところを一番心配しているのですが、捕虜たちはそんなふうに私たちの思いどおりに喋ってくれるでしょうか」

万城はその点が一番気になっていた。だが、赤西は万城のそんな心配など吹き飛ばすように明るく笑った。

「なに、心配には及ばないさ。捕虜は決して逆らったりはしない。捕虜になってもおめおめと生きて、生き恥を晒してるような連中だ。反抗心などあるはずがない。何しろアメリカ兵には戦陣訓がないからね」

果たしてそうだろうか、と万城は思った。日本人に武士道があるとすれば、アメリカ人にもプライドというものがあることをアメリカで生まれて育った万城はよく知っている。だが、上司におもねることを義務と心得ている万城は決して赤西に逆らったりはしない。

だが、万城が一瞬でも逡巡するような顔つきをしたのを見逃さなかったのだろう。赤西は温厚な上司を演じるかのように穏やかな声で言った。

「心配しなくてもいいよ、万城君。我々には例の書類がある。あれさえあれば大丈夫、アメリカ人の捕虜が我々に逆らったりするものか」

赤西の言うその書類は、東京俘虜収容所へ行くまでの道すがら、ずっと万城の手の中にあった。万城はその書類から手を離さないでいたので、赤西たちを乗せた車が収容所へ着く頃には、その大事な書類は少しだけ汗染みていた。

番組に出演させる捕虜を選ぶのにはそれほど時間がかからなかった。取り調べで判明していた出身地、従軍前の職業、所属部隊、そして家族構成や人柄から、入念な書類選考を行っている。面談は最終確認の意味合いが強かった。

選ばれた十人の捕虜は別室に呼ばれ、これから従事する仕事の内容を万城がざっと説明した。

日本の対米番組に捕虜が出演するというプランを聞いて、ある捕虜は嬉しそうに笑い、ある捕虜は明らかに反感を持った目で万城を睨みつけた。そこまでは万城も予想していたことだった。問題はこれからである。放送に出演している間は、絶対に捕虜たちに言うことをきかせなければならないのだ。

そこで、万城はテディが席を外したタイミングで、赤西から受け取った書類を取り出すと、これは日本陸軍からの正式な書類であると前置きした上で、その場で日本語で書かれた文言を英訳して捕虜たちに聞かせた。

「これは日本帝国陸軍による命令である。一つ、この無益な戦争を終わらせるために我々に協力せよ。一つ、もしもこの命令に背いた場合、生命の保証はしない」

問題は最後の項目だった。

テディに捕虜の扱いについて国際法ではどうなっているのかと尋ねられた時、万城はいい加減な返事をしてお茶を濁した。だが、実際には、日本は捕虜虐待を禁止したジュネーブ条約を批准していないことを万城は知っていた。

それはそうだろう。日本軍は兵士に対して、捕虜になるくらいなら死ねと教えている。捕虜が生きていくための権利を定めたジュネーブ条約とは、捕虜の命に対する価値観がまるで違うのだ。

そして、その価値観で生きている日本の軍人が捕虜に向かって「もしもこの命令に背いた場合、生命の保証はしない」と言った場合、その文言は決して脅しではない、ということをも意味した。

捕虜たちがどれほど日本の国際法観を知っていたのか、それは定かではない。だが、万城が心配していたように、捕虜はしょせん捕虜でしかない。仮に日本が捕虜虐待を禁じたジュネーブ条約を批准していたとしても、捕虜は気まぐれに殺されることもあり得るのだ。

「捕虜は決して逆らったりはしない」

そう言った赤西の考えはある意味正しかった。その証拠に万城がこの文書を読みあげた途端、十人の捕虜たちが一斉に大きくうなずき、声を揃えて「イエス」と言った。さっきまで不遜な態度をとっていた捕虜もかしこまった顔つきをしている。

赤西は捕虜たちのそんな様子を見て満足げだった。万城の気持ちもほとんど赤西と変わらない。ただ、こんなことを俺が捕虜に言ったと知ったら、テディは怒り散らすだろうと思い、そんな自分がまだまだ甘いとも思った。

これから番組開始まで一週間しか準備期間がない。その間に捕虜たちやテディと綿密に打ち合わせをしなくてはならないのだ。捕虜たちに甘い顔を見せている時間などないのである。

＊

そしていよいよ『テディーズ・アワー』の放送初日がやってきた。

オープニングに流れたのは、グレン・ミラーの「ムーン・ライト・セレナーデ」だった。

選曲はテディがした。これまでもテディがアナウンサーを務める番組では、流す曲はすべてテディが選んでいる。万城の友人のジャズ愛好家たちからレコードを借り集めたのだ。しかし実際にそのレコードをスタジオに持ち込むのはほとんど万城だった。今の日本ではアメリカのジャズは敵性音楽という扱いになっている。大っぴらに聞くことすら難しくなっていて、万城の家でももう長い間レコードをターンテーブルの上に載せていない。大音量でジャズが聴ける数少ない機会を万城は仕事場で楽しんでいるのだった。

だが、その日の万城は大好きなジャズに耳を傾けようともせず、ミキサールームからスタジオの中のテディをじっと見つめていた。普段は滅多に現場に顔を出さない赤西少佐がその日に限って来ていたから、というだけではない。

これから日本で初めての、捕虜出演のラジオ番組を放送しようというのだ。緊張しないほうがどうかしている。何しろその現場責任者は万城なのだ。

万城の右手の下にはスタジオ内のマイクを一斉にオフにするスイッチが置かれている。この頃のラジオはほとんどが生放送で、この『テディーズ・アワー』も例外ではなかった。

捕虜をマイクの前に立たせることには軍の了解を取ってはいるものの、その捕虜が突然何を言い出すのかは予想がつかない。いや、日本に都合の悪いことを言えば、即座に懲罰を与えるということはさんざん言い聞かせてあるから、滅多なことは言うはずはないのだが、それにしても予断は許されない。

「捕虜が何か余計なことを言ったら、俺がミキサールームから即座にマイクのスイッチを切る」

事前にテディにはそう言い、赤西少佐にもそう説明して、万が一の場合に備えていた。

だが、実際にはマイクのスイッチをオフにしても何の意味もないことを万城が一番よく知っていた。マイクを強制的にオフにできるのは捕虜が言ってはいけないことを言った後だ。しかし、それでは間に合わないのである。

番組が始まる前にもっと捕虜たちに脅しをかけておいたほうがよかったのではないかと、万城は今さらながらに後悔していた。しかし、こんな時になってそんな愚痴を言っても遅すぎる。

スタジオの中ではテディが一人マイクの前に座り、万城からのサインを待っていた。テディも今からやろうとしている番組の重みはよく理解している。だから、それなりに緊張もしていた。しかし、こうなればやるしかないこともよく分かっている。

事前に打ち合わせはたっぷりとした。だが、どれほど準備をしたところで本番に何が起こるかは、その時になってみない限り分からない。それはまるで野球の試合と同じだとマイクの前でテディは思い、どんなことでもすぐに野球に置き換えて考える自分がおかしくて、少しだけ唇の端を歪めて微笑んだ。若い頃、真剣勝負を繰り返してきたテディは緊張する場面でリラックスする術をよく心得ていたのだ。

一方、万城は一分でも本番開始を遅らせるかのように「ムーン・ライト・セレナーデ」をたっぷり最後までかけた。そして、もうこれ以上時間を引き延ばすことができないと分かると、渋々という感じでテディに放送開始のサインを送った。

「Come on in!

Welcome to Teddy's Hour.

Hi, how are you doing? I'm Teddy.

This program from Tokyo, Japan.

This is JOAK!」

テディのよく通る、綺麗なバリトンの声がマイクの前で響いた。発音はアメリカ人と聞きまごうどころか、生粋のアメリカ人以上に正確で正しい、本格的なアメリカ英語である。テディはその自慢の英語で話を続けた。

「僕の名前はテディ古本。これからアメリカの皆さんに大切なお知らせがあります。いや、もしかするとこれはお知らせというよりも、素晴らしいプレゼントになるんじゃないかな。何しろ今からあなたたちにお届けしようというのは、あなたたちの恋人、あなたたちの夫、あなたたちの兄弟、あなたたちの息子、そしてあなたたちの父親の声なんだから」

スタジオの外のミキサールームでもテディの声が聞こえるようになっている。ミキサールームのスピーカーから聞こえてくるテディの話を日系二世の万城は理解することができるが、隣にいる赤西少佐はまったく聞き取ることができない。

それでも赤西は食い入るようにしてガラス越しにテディの口元を見つめていた。赤西にしてもこの放送がどうなるか心配なのだ。

しかし、テディはミキサールームの緊張などどこ吹く風といったリラックスした調子で話をしている。

「こう言っても、僕が何を言いたいのかあなたたちにはピンと来ないと思う。そこで、まず僕があなたたちに聞いてもらいたい声の主に登場してもらおう。まず最初に登場してくれるのはワシントンのピーター・モーガンだ。

僕がこう言っただけで、ワシントンのピーター・モーガンの知り合いの人たちは、今ラジオの前で目を白黒させてるんじゃないかな。それもそのはず、ピーターは……そうだね、これからはミスター・モーガンのことはピーターと呼ばせてもらおう。

さて、そのピーターは今から三ヶ月前、ええと、これは軍の秘密で正確な場所は言えないんだが、とある地域の戦闘において、負傷を受け戦場から脱出することができなくなってしまった。

日本軍の兵隊は戦闘中はとても勇敢で、アメリカの皆さんにはあまり聞かせたくない話だけど、敵として対決するにはとてつもなく危険な相手だ。だが、それはあくまでも戦っている最中のことであって、戦闘が終わったあと、戦場に残された、それも負傷した敵の兵士をそれ以上痛めつけるような卑怯な真似は決してしない。その証拠に日本には『昨日の敵は今日の友』という諺もあるくらいだ」

テディはスラスラと喋っているが、これは即興で話をしているわけではなかった。基本的にはすべて万城とテディで事前に書いておいた原稿をテディが読みあげているのである。もちろん検閲済みだ。

「だから、日本兵は当然の義務として戦場で傷ついたピーターの応急処置を施し、日本の軍艦で彼を日本にまで運んだ。そして、日本で本格的な治療を受け、今ではピーターは戦争に出る前と同じか、いや、それ以上に健康になってピンピンしている。

分かってもらえただろうか？　ピーターのお母さん、ピーターの弟、それからピーターの恋人のメアリー。そう、メアリー、君だ。ピーターとは二年前から交際しているんだってね。君のことはもうすでにピーターから聞いているよ。君はさぞかしピーターの安否が気になっていただろう。戦争の状況から見ればピーターは戦死したか、もしくは捕虜になったとしか考えられない。そして、捕虜になっていたとしても、日本でピーターはどんな扱いを受けているのか？

そのことは僕が話すよりも、ピーターから直接喋ってもらったほうがいいだろうね。さあ、今からそのピーターの声を皆に聞いてもらおう。ヘイ、ピーター、マイクの前まで来てくれ」

そこで万城が合図を送ると、別室からピーターと呼ばれたアメリカ兵捕虜がスタジオの中に入っていった。手錠などで一切拘束されていないどころか、彼を見張る警備員すらつけていない。これも事前に万城とテディが相談しておいたとおりだった。

「ハイ、ピーター」

「ハイ、テディ」

「隣の部屋で僕の話を聞いていたかな?」

「もちろん」

「じゃあ、改めて君の口から自己紹介してくれないか。そして、君が今日本で無事でいることをアメリカの両親や兄弟、そして恋人のメアリーに、君の声で伝えてくれ」

「うん、分かった。ありがとう、テディ。ええと、ラジオの前の皆さん、僕はワシントンのピーター・モーガンです。僕は……」

ピーターはそこまで言うといきなり声を詰まらせ、涙声になった。そしていきなりマイクを握りしめると、

「ママ、聞いてる? メアリー、僕だよ、ピーターだよ。ママ、会いたいよ。メアリー、メアリー」

そう叫ぶなり、本当に泣きだしてしまった。

さすがにテディも事態をどう収拾していいか分からない。万城はすぐに右手の下に置いていたスイッチを押し、マイクをオフにした。そして、技師に命じるや、今度は

ベニー・グッドマンの「シング・シング・シング」をかけさせた。万城の横では赤西少佐が苦虫を噛み潰したような顔をしている。

「大変なことになった」

万城は冷や汗をかきながら、放送スタッフたちに次々に指示を出していった。

こんなことも想定していたが、ここまですぐに泣き出すとは思っていなかったのだ。

テディはその三日後、春江に手紙を書いた。

『以前、君に話をした捕虜（というのは嫌な言葉だね）を出演させる番組を放送しました。

結果から言うと、これが大成功。一人目のゲスト（そうだ。捕虜ではなく、ゲストと呼べばいいんだ）が話し出した途端、マイクの前ですぐに泣きだしてしまったので、僕たちは大いに慌てましたが、だからといって、そのゲストを引っ込めて、次のゲストを出すわけにもいきません（そんなことをしたら、僕たちがゲストをスタジオで虐待したとリスナーに誤解されるかもしれない）。

そこで、僕は万城さんが音楽をかけて時間を繋いでいる間、頼むから泣きやんでくれと彼にお願いし（何度も彼にプリーズと言ったよ）、再びマイクの前で話してもらいました。

彼の涙はそれでも止まらなかったのだけど、彼は泣きながら自分が無事に日本で保護されていること、そして、日本人が自分を大事に扱っていてくれること、その証拠にこうやって自分が無事でいることを知らせるためにラジオにまで出演させてくれたことを、切々と（という表現で正しいのかな？　日本語は難しいね）訴えてくれた。

　この時は僕も万城さんも赤西少佐も、これでこの番組は終わりだと思ったのだけど、そうじゃなかった。

　その次の日、うちの会社でアメリカの放送を傍受している担当の人に教えてもらったんだ。どうやらアメリカでは僕の番組はちょっとした騒ぎになっているらしい。日本に捕らわれた捕虜の安否を本国の人たちに知らせるヒューマンな番組だってことで。

　おかげで万城さんも赤西少佐も気をよくして、この番組はしばらく続けることになりそうです。僕もゲストたちが健康に暮らしていることをアメリカに知らせることができて嬉しい。

　ちなみに、この番組の番組名は「テディーズ・アワー」です。テディは僕の名前の忠義からつけた愛称。いつも君は僕のことを忠義さんと呼んでいるけど、いつか君が僕をテディと呼んでくれたら嬉しいです』

　日本語で文章を書くのに馴れていないテディは何度も下書きをしたが、読み返すたびに自分の日本語に自信がなくなっていった。日本語を話すのは自分でも問題がないと思うのだが、書くのはどうも苦手だ。

テディは何度も出そうか出すまいか悩んだが、結局次の日、その手紙を投函した。


「赤西少佐は上機嫌だ」

万城はいきなりテディに言った。週に一度の『テディーズ・アワー』の第三回目が無事に終わったところだった。

「できたら毎日放送できないかと言っている」

「それは無理だよ」

テディがそう言ったのは何も自分の仕事をもったいぶったわけではなかった。『テディーズ・アワー』は日本に抑留されているアメリカ人捕虜の無事を捕虜当人の口から本国に伝える番組だ。赤西は捕虜をマイクの前に立たせれば勝手にこちらの都合のいいことを喋ってくれると思っているようだが、素人がマイクの前でスラスラと調子よく話ができるはずがない。

限られた時間の中で、できるだけたくさんのことを捕虜には喋ってもらいたい。そのためにテディは番組の前に、出演する捕虜たちとかなり長い時間をかけて面談を行っていた。

彼らの出自や家族環境、本国での暮らしぶりなどを、直接本人から事前に聞き取ってておくと、いざ本番が始まった時、彼らの話を適切なほうへ誘導しやすい。

「僕は今キャッチャーの役をやっているんだ。ピッチャーが投げやすくなるために、ピッチャーがベストを尽くせるために僕がいる。そのためには一人ひとりがどんなピッチャーなのかを知らなくてはいけない。そうすればたとえピッチャーが暴投しても、きちんとキャッチできる。事前にこのピッチャーはこういう時、暴投しかねないと分かっているからね」

「君のその比喩は間違っている」

万城がテディに言った。

「野球で喩えて捕虜をピッチャーとするなら、君は彼らのボールを正確に受け止めるキャッチャーではなく、ピッチャーのボールを打ち返すバッターなんだ。もっと正確に言うとね、君と捕虜は同じチームの選手じゃない。敵同士なんだよ」

「どうしてだ？　彼らは捕虜だ。戦争をすることを止めた人間だ。だったらもう敵じゃないだろ」

「ところが、そうじゃないんだ」

万城は苦虫を噛み潰したような顔で言った。

「彼らの中には日本の敵であることを止めてくれた者もいるが、そうでない者もいるんだ。アメリカ人の捕虜の中にはいまだに日本と戦い続けている奴もいるんだよ」

「捕虜として抑留され、武器も持っていないというのに、どうやって日本と戦うんだ?」

「日本の軍法を無視することによってだ」

それから万城はしばし何かを言いかけて言い淀むような態度を見せた。思いついたことなら何でもズバズバと言う万城にしては珍しいことだ。

「テディ、これは君には言うまいと思っていたことだが、どうも君は彼らが敵だという認識がまるでないようだから、一応伝えておくことにする。今、俺たちは番組で捕虜に話をさせている。そして、そのためのメンバーを選ぶのも仕事だ」

「もちろん分かってる」

「テディ、俺たちの仕事は人助けでもなければ、お涙頂戴の人道的なサービスでもないんだ。俺たちはアメリカにいるアメリカ人が厭戦的な気分になり、これ以上戦争は続けたくない、一日も早く白旗をあげて日本に負けを認めよう、と思わせるために『テディーズ・アワー』をやっているんだ。これは軍の仕事なんだ」

「分かっている」

「分かっていないから言ってるんだ。いいか、テディ。俺たちは毎週、大森の東京俘虜収容所へ行き、六百人いる捕虜の中から、放送に使えそうな奴を十人ずつ選んでいる。だが、奴らをそのまま放送に出すわけにはいかない」

「うん、だから、あれだけ丁寧に打ち合わせしているんだ」

「いや、その打ち合わせの前にまず俺が釘を刺しておくんだよ。これは戦争を終わらせるための大事な作戦だ。だから、お前たちは俺たちの言うことを聞け。これは日本軍の命令だ。もしもこの命令に逆らったりすれば、命の保証はない、と警告するんだ」

「そんなことを彼らに言ってたのか⁉」

テディが驚いて聞き返すと、万城はスラリと話題を変えた。

「今日、番組に出演した捕虜の数を覚えているか？」

「九人だった」

「いつもよりも一人少ないだろう」

そう言って、万城は少し悲しげな顔をした。

「いつものように俺は十人の捕虜の前で、この命令に逆らったりすれば命の保証はない、と言った。そうするとこれまでなら必ず、全員が声を揃えて『イエス』と言ったんだ。ところが、今回に限って一人だけ『ノー』と言った奴がいた」

「その人はどうなったんだ？」

「どうなるもこうなるもない。命令違反だ。すぐにどこかに連れていかれたよ。その後、あいつがどうなったのかは俺にも分からない。当人はもっと分からなかっただろうが」

「本当に命の保証はないのか？」

「そんなこと、俺が知るもんか」

万城はテディに叫んだ。そして、煙草を咥えると火もつけずに言った。

「マイクの前で『ママ、僕は無事だよ、元気でいるから安心してね』と言うくらい何だっていうんだ。しかも、そう言ってやったほうが本国の家族は喜ぶじゃないか。だけど、あいつはそれが分かった上でラジオに出演することを拒否したんだ。それが日本軍による命令だったからだ。どれだけ自分に利益になることであっても、あいつは日本軍の命令だけは絶対に聞きたくなかったんだろう。もしかすると、兄弟か親しい友だちが日本軍によって戦場で殺されたのかもしれないな」

テディが黙っていると、万城はさらに言葉を続けた。

「だが、俺ならどうだろう？　俺が奴と同じ立場だったとしたら、それでも俺は命令に逆らっただろうか？　絶対にノーだ。たとえどれほど日本軍を憎んでいたとしても、俺は自分の命惜しさに命令を聞くだろう。だから、俺は思うんだ。あいつは本当に勇気のある軍人だったたって」

そう言われて、テディも返す言葉がなかった。テディにしてみれば、『テディーズ・アワー』は捕虜のためにもなる番組のはずだったのだ。だが、それが日本軍の命令で行われている限り、命を賭してでも出演を拒否する人間もいる。そのことをテディは初めて知ったのだ。

「俺は感傷的な人間じゃない」

　万城は続けた。

「感傷的な人間は馬鹿だと思ってきたし、今もそう思っている。ただ、あの命令拒否をしたアメリカ人捕虜を見た時だけは、俺は一瞬だけだったが感傷に流された。アメリカ人は偉いと思ったし、そのアメリカに生まれて、アメリカで育ったことに誇りすら感じた。だがな、テディ、それはそれ、これはこれだ。俺たちは俺たちの職務を全うしなくちゃならない」

　いきなり万城からそんなことを言われても、テディには万城が何を言いたいのか見当もつかない。テディが黙っていると、万城は鋭い視線で繰り返した。

「俺ですら勇気のある人間の前では感傷的になってしまう。君は俺よりももっと感情に流されやすい人間だ。だから、注意しろ。感傷に流されないようにしろ。そのために、捕虜とあんまり親しく付き合うな。奴らの話を聞いても同情してはダメだ。いいか、テディ。俺たちがやっている『テディーズ・アワー』は善行なんかじゃない。軍の指令に基づく仕事なんだ」

　赤西少佐は万城に「なるべくよく泣く捕虜を『テディーズ・アワー』に出演させるように」と命じていた。捕虜の涙混じりの訴えを聞けば、アメリカの聴取者は否が応でも厭戦気分に陥る。それが赤西の狙いであり、万城もその意見には賛成していた。だが、捕虜の数にも限りがあった。東京俘虜収容所を初めて訪れた時、万城はそこに六百人も捕虜がいることに驚いたが、『テディーズ・アワー』を続けていくうちに、六百人はそれほど多い人数ではないことに気づいていった。

　同じ捕虜を何度も番組に出演させるわけにはいかない。そうなると、中にはまるで泣かない捕虜もいるのだ。

　その日、出演した三人目の捕虜は本国に向かって涙の訴えをする代わりに、軍隊にいた時の自慢話を始めた。もしもその自慢話が日本兵を何人殺したというたぐいのものであれば、万城は即座にマイクのスイッチを切っただろう。ところが、この捕虜の自慢はそんなものではなかった。

「つまりね、テディ。おっと、君のことをテディと呼んでもかまわないのかな?」

「もちろんだよ、トニー。それでさっきの君の話を続けてくれないか。君は兵隊にとられる前は、アメリカでセミプロの野球チームに所属していたんだってね?」

「そうなんだ。ポジションはキャッチャー。自分で言うのもなんだが、かなりいいプレーヤーだった。だからね、俺は軍に入った時に思ったんだ。俺は世界一優秀な軍人ではないが、世界一野球の巧い軍人だって」

「なるほど、それはそうだ」

テディが笑いながら同意すると、この捕虜も笑いながら、

「ところが、そうじゃなかったんだ」

と応えた。

「君よりも巧いプレーヤーがアメリカ陸軍にいたってこと？」

「いたどころじゃない。いいか、聞いて驚くなよ。何とルー・ブードローにケン・ケルトナー、それからテッド・ウィリアムス、そして極めつけがあのジョー・ディマジオだ」

「ディマジオって、あのニューヨーク・ヤンキースの、ＭＶＰをとったディマジオかい？」

「そうさ、あのディマジオだ」

「ディマジオも徴兵されたのか？」

「そこがジョーの偉大なところだ。あれだけのスター選手でありながら、アメリカ人としての義務を全うするために自分から進んで兵役に応じたんだよ。けれども、軍だって馬鹿じゃない。折角ジョーが陸軍に入ってくれたんだ。一兵卒として使うのはもったいないということで、陸軍の兵士の中で野球の巧い奴を集めてチームを作らせた。名付けて『ソルジャー・チーム』だ。どうだい、洒落てるだろう？　メンバーはもっと洒落ている。さっきも言ったルーがショート、サードがケン、そして外野にテッド

とジョー・ディマジオ。さらにはキャッチャーは俺ってわけ」

「すごいチームだ」

「これだけゴージャスなチームができたんだ。試合をしない手はないってんで、俺たちソルジャー・チームは大リーグのアメリカン・リーグと試合をしたんだよ。結果は〇対五で、俺たちソルジャー・チームの惨敗だったけどね。もしかすると俺が足を引っ張ったのかもしれないな」

そう言ってトニーという捕虜はマイクの前で高らかに笑った。テディも釣られて微笑む。

「だけど、よく戦争の最中に軍人が野球をすることを許してくれたね」

「それはおそらくマーカット少将のおかげだろう」

「マーカット?」

「テディ、君はそんなに立派な英語を喋るのに、アメリカ軍のことはまるで知らないんだな。マーカット少将はマッカーサー元帥の片腕であり、大の野球好きで知られているんだ。彼ならジョー・ディマジオが陸軍に入隊したニュースを見逃すはずはないし、それにそのジョーに野球をやらせたいと思った時、その計画を実行に移せるだけの権力も持っている」

「そうか、それは素晴らしい上官だね」

「日本はどうなんだ？　日本も野球が盛んだと聞いているけど、選手たちは徴兵されているのかな？」

「うん、それはね……」

テディがそこまで言いかけた時、放送の音がプツリと途絶え、数秒後にはテディと捕虜の話の代わりにグレン・ミラーの「イン・ザ・ムード」が流れた。ミキサールームで二人の会話をチェックしていた万城が慌ててスイッチを押して、マイクをオフにしたのだ。

放送のあと、万城はテディを会議室へ呼び出した。


「テディ、俺がどうして今日の君の放送を途中で中断したのか、その理由が分かるか？」

万城にそう聞かれても、テディにはまったく思い当たらなかった。テディが知っているのは番組の最中に万城がマイクのスイッチをオフにし、その間にスタジオにいたゲストを強制的に退席させてしまったことだけだ。

「分からないな」

「うん、どうせ君は分かってないと思っていたよ。いいかい、テディ、相手からある情報を引き出したいと思った時、まず自分のほうからそれに類する情報を提供する。これが情報戦、要するにスパイの基礎中の基礎だ」

「君はあのゲストがスパイだったって言うのか？」

「テディ、君は早速二つも間違っている。いつも言っていることだが、奴らは捕虜なんだ。奴らのことをゲストだなんて呼ぶな。それから、もう一つ、俺はあの捕虜がスパイだなんて思っていない」

「だけど、君はたった今、情報を引き出すには、自分からそれに類する情報を提供するのがスパイの基礎だって言ったじゃないか」

「あの捕虜は得々とアメリカ軍に入隊した野球選手の話をしていた。それはいい。だけど、君は奴の話に釣られて、日本の野球選手のうち、誰が徴兵され、どういう待遇を受けているのか、そんな話をしようとしただろう」

万城にそう言われて、なるほどそのとおりだとテディは思った。あのゲストならぬ捕虜がアメリカ軍に所属する野球選手の話をしてくれたので、テディはそのお返しに日本軍に所属する野球選手の話をしようとした。確かにこれは、ある情報を引き出そうとする時、まず自分のほうからそれに類する情報を提供する、という万城の話にぴったり符合する。

「分かったよ、万城さん。確かに君の言うとおりだ。僕はあの時、自分の口からジャイアンツの水原や沢村が徴兵されていることを話すつもりだった。だけど、それがそんなに悪いことなのか？」

テディが素朴な疑問を持ち出すと、

「もちろん悪いことだ」

と万城はあっさりと言った。

「水原や沢村が徴兵されたことは野球好きの日本人なら誰だって知ってることだが、アメリカにいるアメリカ人はそんなこと誰も知りやしない。おそらく彼らは日本人の野球選手の名前なんて一人も知らないだろうし、そんな野球選手がどうなろうとまったく興味もないだろう。だが、だからこそ、俺としては日本の野球選手の動向を短波放送を使ってまでアメリカ人に知らせたくないんだ」

「どうして？」

「アメリカ軍は野球選手を徴兵しても戦場には出さずに野球の試合をやらせているとあの捕虜は言ってたな？　何とも長閑《のどか》な話だが、つまりそれだけアメリカ軍には余裕があるってことだ。その余裕をアメリカ軍は野球選手の軍人を使うことで上手に国民にアピールしている。

一方、日本軍はどうだ？　水原のような偉大な選手をただの一兵卒として戦場に出している。もしも俺が軍のトップだったら、国民の英雄である水原をそんなふうに扱ったりしない。万が一彼が怪我をしたり、最悪戦死でもしたら、軍のイメージダウンに繋がるからだ」

「だけど、水原を戦場に出さないのは、それはそれである意味差別じゃないか。水原は確かにグッド・プレーヤーだし、国民的英雄でもある。だけど、だからといって、彼を特別扱いしたら他の兵士たちが可哀想だ」

「テディ、君って奴はとことん日本人なんだな。少なくとも俺よりはずっと日本人のメンタリティに近い。水原を戦場に出さないのが差別だって？　アメリカ人はそんなふうに考えたりはしない。人よりも特別な才能を持っている奴がその才能に相応しい扱いを受けて何が悪いんだ？　英雄は英雄なりの扱い方があるというのが彼らの考え方で、俺はそれが正しいと信じている」

そう言うなり、万城は急に何かを思い出して笑い出した。テディが怪訝な目で万城を見る。

「今、思い出したんだが、日本軍も野球選手を適材適所に使ってはいるんだ。テディ、君は沢村栄治を知ってるだろう？」

「もちろんだ」

テディは言った。年代が違ったのでテディ自身は対戦したことはないが、テディが所属していたバンクーバー朝日は、沢村栄治が所属していたジャイアンツと試合をしたことがある。

「彼はとてもいいピッチャーだ」

テディが沢村を誉めると、

「そうだ、沢村はとてもいいピッチャーだった」

万城は過去形で沢村を誉めた。

「日本軍はその沢村も徴兵した。沢村が日本で一番優れたピッチャーであるということを承知した上でだ。そこで、日本の軍人も考えたんだろう。せっかくこういう才能を持った人間を徴兵したんだから、何かそれに相応しい仕事を与えてやろう、と」

「沢村に何をやらせたんだ？」

「手榴弾投げだ。優秀なピッチャーなら普通の兵隊よりも何倍も遠くまで、しかも何倍もたくさん、手榴弾を投げることができると沢村の上官は考えたんだろう。そこで沢村にだけ数え切れないくらいたくさんの手榴弾を投げさせた。俺は野球のことは君ほど詳しくはないが、それでもピッチャーの肩は使いすぎれば潰れてしまうくらいのことは知っている。しかも、手榴弾は野球のボールよりもずっと重いんだ。そんなものを毎日投げ続けてみろ、どうなると思う？」

「選手生命が終わってしまう」

「そうだ。戦場から帰ってきた沢村がオーバースローからサイドスローに変えたのはそのせいだ。あの偉大なピッチャーはもう二度と、最盛期のような速球を投げることができなくなってしまったんだよ。そして、軍はこの前、沢村をまたしても徴兵した。

沢村が生きて帰って来られたとしても、今度はサイドスローも投げられなくなってるだろう」

万城はあざけるように笑った。

「テディ、これが日本軍の才能の使い方だ。そして、俺が思うに、こんな恥晒しなことをアメリカ人に知られるわけにはいかないんだ。だから俺はあの時、君の放送を途中で打ち切ったんだよ。テディ、俺たちは宣伝戦を戦っている。その俺たちが日本軍は頭が悪いことをアメリカ人にわざわざ宣伝するわけにはいかないんだ」

万城が日本軍をあしざまに言うのを聞いて、テディはいささか驚いた。

「万城さん、君はもっと、その、なんて言うか、日本軍寄りの人かと思っていたよ」

「俺は今でも日本軍寄りの人間さ。だから、日本軍が今よりももっとよい軍隊になってもらいたいと思っている。もっとも、日本の軍人は外部からの批評や批判は一切受け付けないから、俺のような貴重な意見にも耳を貸してはくれないがね。ともあれ、テディ、俺の言いたいことは分かってくれたか？」

「分かった。余計なことは言うなってことだね？」

「そうだ。だけど、捕虜たちに余計なことはどんどん喋らせろ。実は君は今日の番組で一ついいことをしたんだが、それも気づいていないだろう？」

「僕がいいことを？　何？」

「君が上手に話を持っていったおかげで、アメリカ陸軍少将のマーカットは野球が好きだということが分かった」

　さすがこれにはテディは思わず笑ってしまった。

「それがそんなに重要なことなのか？」

　万城に尋ねると、万城は真顔で答えた。

「テディ、君は相変わらず何も分かっていない。戦争ではどんな情報がいつ役に立つか分からないんだ。アメリカの陸軍少将が野球が好きだなんて、どうでもいいことかもしれない。おそらくはどうでもいいことなんだろう。だが、そのことを知ってるおかげで、何か俺たちに利益をもたらすかもしれないんだ。テディ、それが戦争なんだよ」

　そして、この万城の予言は当たるのである。だが、もちろんそんなことにこの時のテディはおろか、万城ですら気づいてはいない。

　そんなある日、テディが大門の家に戻ると、春江からの手紙が届いていた。引っ越しの知らせだった。空襲を恐れた祖父母に押し切られ、両親ともに横浜の実家に移ることになったという。横浜も都会だが、東京市内よりは空襲が少ない。何より頼れる人が他になかったのだ。

テディは寂しかった。春江に自分の仕事の内容を打ち明けて以来、以前にも増して打ち解け合えるようになったと思った矢先のことだった。しかし、横浜まで引っ越してしまったのであれば、この戦時下ではなかなか春江とは会うことができなくなるだろう。しかも、その理由が空襲だというのが何とも歯がゆかった。

テディは戦争のせいでカナダに帰れなくなり、そして古本の両親とも会えなくなっている。いつ父や母と再会できるのか、そもそもテディ自身がカナダへ帰れるのかどうかも分からない。そんな時、今度は同じ戦争のせいで、心を許しているただ一人の人にも会えなくなってしまったのだ。

「何でこんなことになるんだ」

怒りがテディの心に湧いてきた。横浜に引っ越す春江に対して怒ったのではない。日本軍に対する理不尽な怒りがこみ上げてきたのだ。

日本軍は今でも戦争に勝ち続けている。大本営発表という軍部からの報道によると、日本軍は敵無しで、どの戦場でも敵軍を完膚なきまでにやっつけているという。

それなのに、どうしてアメリカ空軍が日本を空襲するのだ？　しかも、首都である東京までも。

もしも、日本軍が大本営発表どおり勝ち続けているとすれば、そろそろ敵のアメリカ軍は日本と戦うのを諦め、白旗を掲げてもよい頃だ。そこまでいかなくとも、日本の防衛力をもってすれば、アメリカ軍が日本を襲おうとしたとしても、すぐさま敵の爆撃機を撃ち落としてしまえばそれですむことである。

なぜそれをしないのか？

実はテディはその理由を知っている。そして、だからこそ、テディは軍に対して腹を立てているのだ。言っていることとやっていることがまるでバラバラなのだ。だから「これでは話が違う」と怒っているのだ。

この戦争で日本は緒戦だけは本当に勝ち続けた。だが、戦争が始まって半年と経たないうちに形勢はあっさりと逆転してしまったのだ。

日本は今戦争に負け続けている。

当然、防衛力も落ちている。

だから、アメリカ軍は日本の本土で空爆を行うなどという大胆な活動も行えるのだ。

日本軍が連戦連勝から連戦連敗へと移る最大の転機となったのは、少し前に起こったミッドウェー海戦だった。

この戦いで日本海軍はアメリカ海軍と正面衝突し、わずかな被害を被りながらもアメリカ軍を徹底的に殲滅し、敵軍に立ち直れないほどの損害を与えた。日本軍の大勝利である。この大本営発表はそのままラジオや新聞などのメディアを通じて、日本の全国民に伝えられた。

しかし、これは真っ赤な嘘だった。

この海戦で実際に圧倒的な勝利を得たのはアメリカ軍で、戦場からほうほうの体で逃げ去ったのが日本軍だったのだ。

日本軍は自軍の損害を敵が被ったように、そして敵の戦果を自軍の戦果のように発表したのである。日本軍は自分たちが負けたことを隠し、日本人に向かって嘘の情報を流したのだ。

そのことをテディに教えてくれたのも万城だった。初めてミッドウェー海戦の真実を万城から知らされた時、心底驚いているテディに向かって万城はあっさりとこう言った。

「テディ、驚いているのは俺のほうだよ。どうして君はこんな大事なことを今まで知らなかったんだ?」

「だけど、ラジオではあの海戦で日本軍が大勝利をしたって……」

「そうだ、その放送をしたのは俺たちが働く日本放送協会だ。だから、君だって知ってるだろう。国内向けの放送協会の報道にはすべて軍の息がかかっている。軍が報道してよいと判断した情報だけが報道され、報道してはいけないと判断したニュースはひねり潰されるか、もしくは事実をねじ曲げて報道される。ミッドウェーの場合は後者だ」

「だけど、それなら君はどうして軍が隠している事実を知っているんだ？」

「君がそんなことを言うから、俺は驚いたと言ってるんだ。おい、テディ、俺たちはどこで働いているんだ？　日本放送協会だぞ。俺は君が放送協会で働くにあたって、ここには他の日本人では手に入れられない特権があると教えてやったのを忘れたのか？　放送協会は民間では日本で唯一海外の短波放送を聞くことができるところなんだ。俺はその特権を活かして、毎日閑があれば海外の、とりわけアメリカの短波放送を聞いている。そうすれば、大本営発表とアメリカの報道とがまるで食い違う時があることが分かる。そういう時は他の国の短波放送も聞く。そうして、総合すれば、どちらが本当のことを言っているのかは、子どもでも判断できることだ」

そして、万城の下した判断は日本軍の言う大本営発表は真っ赤な嘘で、真実は日本軍の大敗だった、ということだった。

「だから、これからアメリカ軍はどんどん日本の本土に攻撃を仕掛けてくるだろう。ミッドウェーはこの戦争の要でね、平たく言えばここで勝てば、日本は太平洋の制海権を得られる。つまり、そこを拠点にしてアメリカ本土ですら攻めることができた。反対にここを奪われれば、日本は制海権を奪われ、アメリカはそこを拠点にして日本の本土を楽に攻めることができるようになる」

「それはどういう意味だ？」

「つまり、これからアメリカ軍が直接日本にまで爆弾を落としに来るってことだ」

万城はあっさりと言った。

「だが、言うまでもないことだが、こんなことを他人に言うんじゃないぞ。これは軍にとってトップシークレットなんだからな。まあ、君がその辺りの連中にそんなことを言ったところで、誰も信じやしないだろう。それに、そんなことを言ったら、非国民だということで袋叩きに遭うのがオチだがね」

そう言って万城は皮肉な笑みを浮かべた。万城がそれまでの軍にべったりだった態度を変え、少しずつ軍から距離を置こうとしだしたのもこの頃からだった。

しかし、その時のテディにはまだ万城の言ったことが実感としてほとんど理解できていなかった。東京が度々空襲に遭うようになってからも、それほど危機感を感じていなかった。それはテディが未だに自分が日本に住む日本人だという自覚に欠けていたからかもしれない。だから、日本が攻撃されても、その被害が自分に及ぶという実感が湧かないのだ。

そういう意味では、テディはまだ本当の日本人になりきれていない。カナダにいた頃のほうがまだしも自分は日本人だという意識を持っていた。テディが長年暮らしてきたバンクーバーの日本人街から一歩外に出れば、そこは白人が支配する国だったからだ。自分が差別される側の日本人であるという意識はイヤでも持たざるを得なかった。

　だが、日本に来てからはそうではなかった。外見上は自分とまったく同じでありながら、この国に暮らしている人はテディとはどこか考え方が違う。その違いは、戦争が始まってからはっきりとしてきた。多くの日本人はいまだにこの戦争を肯定し、賛美すらしているが、テディはどうしても彼らと同じ気持ちにはなれないのだ。

　そんな時に出会ったのが春江だった。テディが戦争のせいで他の日本人から疎外感を感じていた時、テディの孤独を救ってくれたのが春江だったのだ。いわば春江はこの戦争に反感を持つことで結びついたテディのただ一人の友人だった。ところが、その戦争のせいで春江と会えなくなってしまった。

「これじゃあ話が違うじゃないか」

　テディはもう一度春江の手紙を握りしめながらつぶやいた。


　春江が東京から出て行くのを待っていたかのように、東京の空襲は激しくなっていった。しかし、テディは空襲警報が鳴っても、やはりそれほど恐ろしいとは思わない。近所の人たちから非国民と思われないために、警報が鳴れば防空壕に逃げ込むし、近所の防火訓練にもできるだけ参加するなど、非国民と思われない程度の応対はしているが、本当のところどうでもいいと思っている。春江と会えなくなって捨て鉢になっているわけではない。ただ、空襲があるのは当然の結果だと思っているだけだ。

まず日本がアメリカに戦争を仕掛けた。これが全ての始まりだ。しかし、アメリカのほうが日本よりも強かった。それなのに日本は戦争を止めようとしない。ならば、アメリカが日本に降伏を促すため、日本の本土まで攻めてくるのは当然のことだ。

とはいえ、今よりはもう少しだけ、アメリカの攻撃の手を緩めてもらえる方法はあるのではないか、とテディは甘いことも考えている。

日本軍が正しく武士道に則った戦い方をすれば、つまりテディの言い方で言うなら、日本軍がもっとフェアに戦えば、アメリカ軍も空襲という民間人まで巻き込んだ戦い方をしなくなるのではないか。

しかし、この考えを万城に言うと、万城はいつものように皮肉な笑みを浮かべた。

「そもそも、何で東京まで空襲されるのか、その本当の理由を知っているか？　それはな、日本軍がアメリカ兵の捕虜を殺したからだ」

とテディが思いもしていなかったことを言い出した。

万城が言う捕虜というのは、一九四二年四月十八日に東京で初めての空襲を行ったアメリカ空軍のパイロットのことだった。

この時、東京に住んでいる人たちはアメリカによる初めての空襲だということで浮き足だった。その後の空襲と比べれば被害はさほどでもなかったのだが、この時の空襲が日本人に与えた精神的なショックは大きかった。何しろ敵機が自分の真上から爆弾を落とすのだ。どんなことがあっても日本軍が我々を守ってくれるという安心感がこれで一挙に崩れてしまった。

一方、日本軍は自国の領土を、しかも首都東京を敵国軍に蹂躙《じゅうりん》されたということでプライドを大いに傷つけられた。

だがこの時、もっとも不幸な目に遭ったのは、東京の民間人でもなければ、日本軍の軍人でもない。ある意味もっとも不運だったのは、日本軍によって追撃され、捕虜となった数人のアメリカ兵パイロットだった。

日本軍は彼らを捕らえたあと、軍法に則って死刑に処したのである。

「国際法もへチマもあったもんじゃない。あのパイロットたちは殺人鬼なんかじゃないんだぜ。ただ上官の命令に従って東京を空襲しただけだ。そりゃあ、あの時は日本人も殺されたさ。だが、そんなことは戦争ではよくあることだし、日本人はすでにアジアのあちこちで同じことをさんざんやっているじゃないか。ところが日本軍の考えは違った。東京を襲ったパイロットを死刑にしたら、アメリカ人は根性がないからもう二度と東京に空襲なんて仕掛けてこないだろうと考えたんだ。要するに見せしめのために、国際法を無視してでも敵の捕虜を殺したんだよ」

万城はあえてテディには言わなかったが、その半年ほど前、日本政府はアメリカの問い合わせに答える形で、ジュネーブ条約で記された捕虜の取り扱いに関する内容を尊重する旨を返していた。にもかかわらずの捕虜の処刑だったのだ。

万城はあざけるような口調でテディに説明した。

「ところが、結果はどうだ？　俺はあのあと、貪るようにアメリカの短波放送を聞いていた。アメリカの大統領は自分の国のパイロットが国際法を無視した判決を受け、殺されたことを国中に宣伝し、日本に対する怒りをかき立てた。おかげで、今じゃあ日本を空襲するパイロットはアメリカ人にとっては英雄だ。彼らは自分から志願してでも、東京を空襲しにやって来る。それもこれもすべて、日本軍がアメリカ兵の捕虜を意味なく殺したりしたからだ」

これは明らかに暴論である。おそらくこんなことを言いながら、万城自身も自分が筋の通っていないことを言っているのを自覚しているだろう。だが、こんな無茶なことを言いたくなる万城の気持ちは理解できた。

万城もまた日本軍に対して、「もっとフェアに戦え」と思っているのだ。そして「フェアに戦っていないからこそ、アメリカ軍もフェアネスを忘れて、日本の民間人まで殺そうとしているんだ」と信じ、日本軍に対する不信感を募らせているのである。

「フェアネスは、武士道はどこに行ったんだ」

テディですらそう言いそうになった。

吐き捨てるような万城の言葉を、テディは静かに聞いている。
そして、かねてより考えていたことを今こそ実行する時だと決意した。

プログラム５

～一九四二年秋―冬～

横浜に引っ越した春江からはたびたび手紙が届くようになった。テディもまめに返事を出している。

テディの家まで手紙を配達してくれるのは、もんぺ姿の中年の婦人である。郵便配達夫だった夫が兵隊に取られたので、代わりに奥さんがその仕事を受け継いでやっているらしい。

戦争がどんどん激化していき、テディの家の近所でも二十代、三十代の男性の数がどんどん減ってきている。この前はテディよりも年上の四十代半ばの男性に召集令状が来たと、この郵便配達婦が言っていた。

それなのにテディは、相変わらず徴兵されずにすんでいる。すでに日本放送協会という会社で国策に則った仕事をしているのだから、いわば兵隊としてお国のために働いているも同然、というふうに近所の人たちは好意的に解釈してくれているようだ。その憶測が正しいのか、間違っているのか、テディには分からない。

「もしかすると僕が二重国籍だから、徴兵を免れているのかもしれないな」

そう思う時もあるが、万城に問いただしてみる気にはなれなかった。

テディはカナダ在住の日系二世である。それなのに、たまたま開戦時に日本にいたおかげで、他の在カナダ日系人たちのように強制収容所へ送られずにすんだ。そして今、自分が日本にいるカナダ籍の人間だというおかげで、徴兵を免れているのだとすれば、何だか他の人に対して申し訳がないような気がした。

もちろんテディは強制収容所へ送られたいわけでもなければ、徴兵されて戦場で戦いたいわけでもない。だが、自分だけがずる賢く立ち回って、身の安全を得ているような罪の意識をテディは最近常に感じていた。

春江から来る手紙を受け取るたびにその罪悪感は強まった。手紙を届けてくれる婦人の夫は今、戦場にいる。その夫は、妻の年齢から想像するに、テディと同年代くらいだろう。彼は今兵士として戦場で命がけの戦いをしているというのに、自分はどうだ。まったく安全とは言えないが、それでも戦場よりは遥かに安全な東京にいて、時折女性からの手紙を受け取っているのだ。

封筒の裏の『春江』という差出人の名前を見て、この郵便配達の婦人はテディのことをどう思っているのだろうか。この戦時下に女と手紙のやりとりをするとは、何という不謹慎な男だろうと内心は思っているかもしれない。

とはいえ、春江からの手紙は恋人めいた甘いものではなく、その文面のほとんどは英語に関する質問で埋められていた。恋文よりもこちらのほうが、時局柄を考えれば人に知られたらかなり不穏当な内容ではあるが、テディはその手紙を読むたびに勇気づけられていた。

英語は今や完全に敵性語である。そして、この戦争が続く限り、その状態は変わらない。今、日本で英語を独学するというのは、とてつもなく孤独な作業なのだ。それなのに春江は自分のペースを崩さず、毎日コツコツと英語の辞書を片手に難解な英文を一人読み続け、疑問点が出てくるたびに手紙でテディに問い合わせてくる。そこには向学心という言葉だけでは言い表すことができない、春江の強い意志が秘められているように思えた。

春江は明らかに今起きている戦争に対して反感を感じている。だが、そんなことをあからさまに人に言うわけにはいかない。その春江に唯一できる反抗らしい反抗が、一人で黙々と英語を勉強することなのだろう。

春江はもともと英米文学を勉強している。そんな中、アメリカとの戦争が始まった。敵性語としてタブー視されることに強く反発していた。

言葉や文学と戦争は別物だ。今は戦争しているが、言葉を知り、相手を知って、自分たちと違うところ、同じところを知れば、相互理解に繋がる。その先に融和と共存があると、春江は考えていた。

若いながら、春江のこの信念にテディは感動していた。

日系二世の自分もまったく同じ思いだった。

バンクーバー朝日の選手として白人たちと戦った時、もっとも大切にしたのがフェアプレーだった。鏑木さんや児島さん、監督が徹底したチーム方針だった。

白人の差別に対して、同じ偏見で返してどうする。俺たちはあくまでもフェアプレーを貫き通して、白人に俺たちを理解してもらう。対立の果ての一方的な勝利ではなく、相互理解の上での共存を目指そう。

春江の想いと朝日の方針は、根っこのところで同じだった。テディが彼女に心を許せたのは、根底にはそんな共通点があったからなのかもしれない。

しかし、そんな気丈な春江もまだ二十歳になるやならずの若い女性だ。ほとんどが英語の質問で占められた文面の合間合間に、こういう時代を生きている女性の不安が書き記されている。

春江にとって一番の心配事はやはり空襲らしい。春江自身は日本という国そのものに信頼を失っているところがあって、日本が滅びるのであれば、自分も一緒に死んでしまってもいいというような、テディをハッとさせる捨て鉢な面も持っている。だが、家族思いの彼女にとっては自分の命はどうであれ、脚の不自由な祖父母が空襲の際に逃げ遅れることが何よりも心配の種となっているのだ。

『空襲を避けて横浜まで引っ越してきたものの、この街もいつ空襲に遭うかもしれないと思うと、心配で真夜中に突然目が覚めてしまうこともたびたびです。両親が外出中、私一人の力でどれだけ祖父母を守ることができるのか。そんなことを考えると、たまらなく不安になるのです』

春江のそんな文面を読むたびに、テディはどうしようもない無力感に襲われる。春江を守ってあげたいと思っているのに、その手段を何一つ持っていないのだ。

だから、テディから春江に出す手紙の内容はいつも素っ気ないものになってしまう。春江を守ることもできないのに、『君を守りたい』と書くのは傲慢だし、ただの気休めでしかない。守る力を持っている人だけが、春江に対して『僕が君を守ります』と書く資格を持っている。

その日、テディは春江宛の手紙の中にこんなことを書いた。

『僕がやっている仕事のことは君にもすでにお伝えしてありますね。アメリカ人兵士で捕虜になった人たちに番組に出演してもらって、彼らの無事をアメリカにいる家族に伝えているのです。

そのために僕は番組の前に彼らと面談を行っています。彼らがどのような出自で、どのような家庭で育ち、どういう理由で兵士になり、またどのようにして日本軍に捕らえられたのか、そういう事情をあらかじめ知っていたほうが、番組を進行しやすいからです。

おかげで僕はこれまでの間に多くのアメリカ兵と話をしてきました。その時、いつも気づかされるのは、彼らの中で自分から望んで兵士になった人はほとんどいない、ということです。中には自主的に徴兵に応じた人もいますが、そんな人たちも今では戦場に出たことをとても後悔しています。

彼らは口を揃えて「戦争に関わっている人間の中で兵士ほど戦争を憎み、嫌っている者はいない」と言います。それはそうでしょう。彼らこそ、戦争の現実を一番よく知っている人たちだし、だからこそ彼らの戦争を憎む気持ちに僕はいつも心を打たれてしまいます。そして、彼らとの面談を繰り返していくうちに、僕はこれまで以上に戦争を憎み、嫌うようになってきました。

今の日本人は世界を日本の味方と敵に分けて捉えています。ですが、僕が世界を二分割するとすれば、戦争を好む人と嫌う人になる。そして、その分類の仕方が正しいとすれば、僕と捕虜たちは（そして春江ちゃん、君も）同じ仲間、ということになります。

いつか言ったことがあると思いますが、僕は二十代半ばまでカナダで朝日という野球チームに所属していました。僕は今でもその時のチームメイトを仲間だと思っているし、その仲間のためなら何でもしてあげたいと思っている。

だったら、同じように仲間であるアメリカ兵の捕虜たちにも、僕は何かしてあげるべきではないのか。

もちろん、僕にできることなど何一つありません。ですから、そんな大それたことを考えること自体、とても不遜なことだということは分かっています。でも、彼らのために僕に何かできることがあれば、と近頃ではそんなできもしないことばかり考えてしまいます』

テディは捕虜たちにこと寄せて、春江のことを考えていたのだった。捕虜たちのために何かしてあげたいと思っているのは事実だが、それ以上に春江のために何かしてあげたい。だが、春江を守ることなどできるはずもないのだから、その代わりに捕虜たちを守りたいと手紙に書いたのだ。

しかし、春江を守れないテディに、捕虜たちを守ることなどできるはずがない。そもそもこんな手紙を出したところで、軍の検閲に引っ掛かって届かないかもしれない。下手をすれば検挙されるかもしれないのだ。

春江は一人で、捕虜は何千人、何万人といる。一人を守れない人間が、何万人もの人間を守れるはずがない。だから、今手紙に書いたこともただの気休めでしかない。自分にできることなど何一つないのだから。

出した。

と、そこまで考えた時、テディはふと朝日に在籍中に監督から言われた言葉を思い
「テディ、先に結論を出すな。やってみてダメでもともとじゃないか。やってみてダメの後悔は後悔じゃない。やらないのが後悔だぞ」

それはそうかもしれない。しかし、野球の試合でピンチに立たされるのと、戦時下で好きな女性を守るのとではまるで状況が違う。テディにアドバイスをしてくれたあの時の監督も、まさかテディが今のような状況に追い込まれるとは予想もつかなかったから、「やらないのが後悔だ」というアドバイスもできたのだ。

馬車松という仇名で呼ばれていたこの監督は、二十年ほど前にカナダから日本に戻り、和歌山で中学生に野球を教えだした。日本に帰る馬車松をバンクーバー港で見送って以来、テディは一度も会っていない。列車の切符を手に入れるのもままならない現状では、東京から和歌山まで行くことはほとんど不可能に近いが、日本にいる間にいつか会いに行きたいとテディは考えていた。だが、その和歌山も先日空襲に遭ったという。であれば、馬車松が生きているかどうかも分からない。

「そうだ、和歌山にも俘虜収容所があったはずだ」

テディの頭の中で馬車松と俘虜収容所の捕虜たちが空襲に遭うイメージが広がった。

テディが見たこともない和歌山という土地にアメリカ空軍が攻めてきて、空から爆弾

を落としていく。

それは理不尽な光景だった。冷酷な考えだが、アメリカ軍が日本人である馬車松の家を空襲するのはある意味仕方がないことだ。だが、どうして味方であるアメリカ兵の捕虜たちのいる収容所まで爆撃しなければならないのか。

もちろんこれはテディが想像した光景であって、実際の和歌山の空襲がどのようなものだったのかは分からない。とはいえ、どれほどアメリカ軍が優秀でも、味方のいる収容所だけを避けて空襲をするような器用な真似はできないだろう。そもそもアメリカ軍は捕虜がどこに収容されているのかも知らないのだ。

と、そこまで考えた時、テディの頭に閃くものがあった。

それは馬車松と和歌山にいた捕虜たちを救えたかもしれない方法であり、これから横浜にいる春江や東京の捕虜たちを救えるかもしれない方法だった。

とはいえ、実際のところ、そんなことを実行したからといって、本当に彼らを守ることができるかどうか覚束《おぼつか》ない。

「やるだけ無駄か」

そう思った時、テディは再び馬車松の言葉を思い出した。

「やってみてダメの後悔は後悔じゃない。やらないのが後悔だ」

そうだ、そのとおりだ。何もせず、ただ手をこまねいて不安を募らせているくらいなら、無駄だと分かってもとりあえずやってみたほうがいい。

それにテディは元朝日の選手で、馬車松は監督だ。選手は監督の言うことを聞くのが義務であり役目なのだ。テディは朝日のピッチャーとして監督の命令に従わなければならない。


テディの変化にまず最初に気づいたのは万城だった。

テディが以前にも増して、生き生きとした態度で放送に臨むようになったのだ。そしてこの変化を万城はただ単純によいことだと思っていた。

番組を仕切っているアナウンサーが陽気になれば、アナウンサーに釣られてゲストの捕虜も饒舌になる。おかげで番組は以前よりも盛り上がるようになってきた。

赤西少佐ならば、捕虜が番組中に陽気に喋っているのを見ても、いい顔をしないだろう。何しろ赤西は「捕虜がマイクの前で泣きながら戦争の悲惨さを訴える」ことこそ、『テディーズ・アワー』の目的だと考えている。

だが、万城は赤西とは少し違う考えを持っていた。

アナウンサーの誘導で捕虜がベラベラと無防備に喋っていれば、その合間に意外な機密をポロリと漏らす可能性がある。いつぞやのマーカット少将が野球が好きだという情報もそうだ。ゲストの捕虜に泣かせなくても、彼らの使い道はいくらでもある。

それなのに、捕虜の有効活用の術を軍の連中はまるで分かっていない。

　このように最近の万城はことあるごとに軍部に対する不満を募らせている。だが、そんなことを口に出して言うわけにはいかない。だからこそ、その反動として最近のテディの変化を喜ばしいものだと思ってしまうのだ。

　万城はテディに「この調子でどんどんやってくれ」と何度も励ました。そうすれば、そのうち捕虜が何か大きな機密を漏らしてくれるに違いない。その時こそ、万城の考えが正しく、軍部が間違っていたことが証明されると思ったのだ。

　テディは今や万城にとって、もっとも大切な仕事上のパートナーとなっていた。

　そのテディが近頃、閑を見つけては日本放送協会の資料室で調べものをしている。万城が理由を尋ねると、

「僕ももう少し日本のことを知っておかないといけないと思って、それで色々調べているんだ。何しろ僕の仕事は、日本の良さをアピールすることなんだから」

　テディは明るく答えるのだった。

　テディの仕事は正確には「日本の良さ」ではなく「日本の強さ」をアピールすることなのだが、日本の美点は日本の強さと考えられないこともない。であれば、テディが資料室でそのために調べものをしているのもよいことだと万城は納得しつつ、そんなテディに満足していた。

つまり、万城とテディは以前よりもよい関係を築き、その関係の上に成り立っている『テディーズ・アワー』も以前よりも順調に進んでいるように見えた。

そんなある時、万城が陽気な声でテディに言った。

「俺たちの番組がとうとう海外でも評価されるようになってきたぞ」

「海外で？　それは嬉しいけど、どうしてそんなことが分かるんだ？」

テディが不審げに尋ねると「真似をする奴らが現れたんだ」と万城は意気揚々として言った。

「ドイツの短波放送の局の中に、やはりイギリス向けの宣伝放送があって、ここで『生きている僕の便り』という番組をやりだしたんだ。『生きている僕』というのは、言うまでもなく生きたままドイツ軍に捕らえられたイギリス兵の捕虜ってことだ」

「つまり、その番組でも捕虜がゲストとして番組に出演して、自分が無事でいることをイギリスの家族に伝えるのか？　ネーミングは露骨だけど、『テディーズ・アワー』とまったく同じじゃないか」

「同じじゃない。真似をしているんだ。しかも、ドイツの放送局の連中は『テディーズ・アワー』をそっくり真似するほどの度胸はない。そりゃそうだ、放送中に捕虜に何か余計なことを喋られたりしたら大変なことになるからな。だから、この『生きている僕の便り』では、事前にアナウンサーが君のように捕虜と面談をして、その捕虜の言い分をメモしたものをマイクの前で読み上げている」

「それじゃあ、その捕虜が本当に無事かどうか分からないじゃない」

「そういうことだ。だけど、その程度の番組でも今じゃあヨーロッパでものすごい評判になっているんだよ。『テディーズ・アワー』の物真似だっていうのにな」

万城はその番組が『テディーズ・アワー』のコピーだということを頭から信じて疑わない。

とはいえ、テディにしても捕虜が自分の無事を祖国に伝えることができる番組が増えるのはよいことだと思った。

「それは素晴らしい番組だ」

そう言うと、万城はいささか不満げな表情を見せて言った。

「テディ、ドイツのその番組は別に素晴らしくも何ともない番組なんだ。俺たちの『テディーズ・アワー』だけが素晴らしい番組なんだよ」

いかにも身びいきなことを言う。

「世界には他にも反戦番組はいくつもあるが、『テディーズ・アワー』を除けばどれもこれも酷いもんだ」

万城があまりに上機嫌なので、テディもつい調子を合わせた。

「だったら、彼らももっと日本を見習えばいい」

「それは無理だな。だって、外国の奴らどころか、日本人ですら『テディーズ・アワー』を見習おうとしないんだからな」

「どういうこと？」

「だからさ、今、日本放送協会ではアメリカだけではなく、世界中に向けて十数ヶ国語でさまざまな放送を行っているんだが……」

「そんなことは初耳だ」

「君は本当に自分のことにしか興味がないんだな。今の日本の戦争の相手はアメリカだけじゃないんだ。イギリス、支那が主な戦争の相手だが、たとえばシンガポールを攻める時は、事前にシンガポール人向けのラジオの短波放送でさまざまなメッセージを送るんだ。彼らに分かるようにマレー語とタミル語と支那語でね」

「どんなメッセージを送るんだ？」

「『これは決して君たちの国を滅ぼすために行っている戦争ではない。君たちの国を植民地にして、君たちを奴隷のように扱っている白人帝国主義者を打ち破るための戦い、つまり君たちを解放させるための戦いだ。だから、君たちも日本軍に協力してくれ』という具合だ」

「それは雑誌の『ＦＲＯＮＴ』がやっているのを、放送でやるようなものだね」

「そういうことだ」

　万城は相変わらず上機嫌だ。

「だから、まるで効果がない。そりゃそうさ、実際に日本軍はアジアの土地と人たちを蹂躙しているのに、ラジオ放送で彼らに向かって『日本軍は君たちの味方だ』なんて言ったって、誰が信用するもんか。それよりも俺たちのように捕虜を丁寧に扱って、奴らの言い分をたっぷり言わせてやるというのが、この戦時下には正しい放送のあり方なんだよ」

　万城は自信満々だった。『テディーズ・アワー』の現場責任者であることを誇りにすら思っているようだった。


　その間もアメリカ軍による空襲は続いていた。以前は昼間が空襲の時間帯だったが、次第に真夜中の空襲が多くなってきていた。アメリカ軍が日本の地理を徐々に把握していったので、迎撃される恐れの高い昼間を避け、夜間でも攻撃が行えるようになったのだ。

　とはいえ、星一つ出ていない雨や曇りの夜では、視界が完全に閉ざされてしまうので、爆撃機の操縦士は方角すら把握できない。そのためだろう、アメリカ軍の爆撃機が飛んでくるのは、天気のよい夜とほぼ決まっていた。

い。

テディの家の近所でも、
「今日はいいお月様だから、そろそろアメリカさんが来るかもしれない」
などと言い交わすのが挨拶のようになっている。空襲も度重なると、憎い敵であっても馴れ馴れしくなってきて、アメリカ軍の爆撃機のことを「アメリカさん」などと知り合いのように呼んだりするのだ。そうやって恐怖を紛らわしていたのかもしれな

とはいえ、人々が警戒を怠っていたわけではなかった。深夜になると一般市民たちは自分の家が空襲の目印にならないようにと、室内の灯りが外に漏れないよう注意を払った。だから、窓から外を見るといつも真っ暗闇だった。その代わり、月明かりだけが妙に目立ち、これが東京の空かと見まごうほど星が輝いているのが見える。

空襲が始まって間もない頃は、空襲警報が鳴るや、人々は一目散に防空壕へ逃げ込んでいた。だが、次第に慌てても意味のないことが分かってきた。

警報が鳴れば、外に出て防空壕へ入る前にまず空を見上げる。すると、アメリカ軍の爆撃機が編隊をなして空を飛んでいるのが見えてくる。その進行方向を正しく見極めるのが大切だ。爆撃機の編隊が自分たちの街に向かってきていないのであれば、たとえ爆弾を投下しても、自分たちにまで被害が及ばないことが分かってきたのである。

しかし、近くに爆弾が投下された時はそんな呑気なことを言っているわけにはいか

ない。防空壕の中にいたとしても、空から巨大なビルディングでも落下してきたような地響きが鳴り、すさまじい爆裂音とともに体が宙に浮くほどの衝撃を感じた。

　ある夜、その爆撃機の編隊がテディの住む大門を目指しているように見えたことがあった。こういう時、命も惜しくないとばかりに空をぼんやり見上げていると、度胸があるとは思われず、非国民扱いされるのがオチだ。テディも否応なしに近所の人たちと一緒に防空壕へ逃げ込んだ。

　しかし、爆撃機が飛んできたからといっても、空襲がいつ始まるのかは誰にも分からない。テディたちはただ防空壕の中でじっとしているしかないのだが、これは何とも言えない時間であった。

　いったん空襲が始まれば、自分たちの命すら危ういということを皆頭では理解している。しかし、人間の緊張感はそれほど持続するものでもない。と言って、退屈紛れに同じ防空壕に入っている人たちと世間話をする気にもなれない。

　そんな時、じっと押し黙っているのに耐えられなくなったのだろう、防空壕の中にいた一人が低い小さな声で歌を歌い始めた。

「海行かば水漬く屍、山行かば草生す屍、大君の辺にこそ死なめ、かえりみはせじ」

　何度も同じ歌を繰り返すうちに、防空壕にいる人たちはテディを除いて全員が合唱しだした。

これはテディも知っている歌だった。出征兵士を見送る時や戦没者の慰霊の会などでは必ず歌われていたし、国内向けのラジオでもしょっちゅう流れているので、自然と覚えてしまったのだ。

日本語の古語に疎いテディがいつだったか、この歌の歌詞の意味を尋ねると、

「要するに、天皇のために死んでも悔いはない、という意味だ」

万城がそう教えてくれた。

その歌が防空壕の中で歌われている。テディは彼らの歌を聴きながら、言いようのない違和感を覚えた。

万城の説明によると、この詩を作ったのは大伴家持という今から一千年以上前の詩人で、家持の本業は天皇直属の軍人だったという。であれば、その家持が天皇のために死ぬのは、ある意味正しいことだ。軍人とはそういうものだ、と戦争が嫌いなテディですら思う。だから、この戦争が始まって以来、日本の軍人たちが好んでこの歌を歌って戦場へ行くのも、やはりある意味正しいのだろう。軍人には国家元首のために死ぬ覚悟も必要だし、日本のその国家元首は天皇なのだ。だから、軍人が「天皇のために死んでも悔いはない」という歌を歌うのは道理にかなっている。

だが、防空壕の中にいるのは軍人ではない、民間人なのだ。なぜ民間人が死のうという歌を歌うのか？

「日本軍は民間人を巻き添えにしようとしている」

最近の万城の口癖をテディは思い出した。

「日本軍は日本を守ろうとはしているが、日本人を守ろうとはしていない。日本の民間人を盾にして、日本を守る。俺にはそれが今の日本軍の作戦のように思えて仕方がないんだ」

そう言われてもその時のテディにはピンとこなかったが、今なら万城が言った言葉の意味が理解できるような気がした。この人たちは武器も持っていないというのに、アメリカ軍の攻撃を受けて、死んでも仕方がないと思っている。なぜならそれが天皇のために死ぬことだからだ。

テディの養父母は明治初年に生まれている。その両親の教育を受けたテディは、同時代の日本人と同じくらいには皇室を敬愛していると自分では思っていた。だが、そのテディですら、ムダな死に方はしたくない。そして、できることなら、今ここに一緒に防空壕の中にいる人たちもそんなことのために死んでほしくはないと思った。

「空襲で死ぬなんて、最低の死に方じゃないか」

テディはそう思うのだが、そんなことは口が裂けても言うわけにはいかない。そんなことを言えば、国のため、天皇のために命を捨てるのを惜しがっている非国民だと罵られるのがオチだ。

その頃になると、『テディーズ・アワー』のことは東京俘虜収容所の捕虜の間でも知られるようになっていた。もちろん捕虜たちがその放送を直に聞くことはできない。情報源であるラジオを捕虜に聞かせるほど日本軍は甘くはないし、そもそもアメリカ向けの短波放送を日本にいる人間が聞くことなどできない。日本では、短波受信機を所有しているだけでも法律違反で逮捕されてしまうのだ。

だが、出演者として『テディーズ・アワー』に出た捕虜が、仲間の捕虜たちにその話をするので、収容所内ではそういう番組があるという噂がどんどん広まっていった。いつかは自分も出演することになるだろうと考えている者も多い。すると、実際に出演する捕虜たちも次第に悪擦《わるず》れするようになってきた。

番組が始まった頃は、万城やテディも緊張していたが、出演する捕虜たちはそれ以上に緊張していた。何しろ自分たちが生きていることを母国に伝える機会を与えてくれるというのだ。彼らはマイクの前で声を震わせながら、自分が無事でいることを喋るのに精一杯だった。

しかし、番組が半年も続くと、初出演の捕虜ですら『テディーズ・アワー』がどういう番組で、何をやらされるのか、ということを事前に知るようになってくる。そのため、番組が始まった頃の捕虜に比べると、最近出演する者たちはずいぶんリラックスしてマイクの前で話をするようになった。
少なくとも万城は現状をそのように解釈していた。

だから、番組中に捕虜が泣きもせず、またアメリカにいる両親たちに必死で何事かを訴えることもなく、ただテディと雑談を楽しんでいても、万城は不審に思いはしなかった。いつだったか、テディが出演中の捕虜に向かって収容所での待遇について質問した時は一瞬ヒヤリとしたが、捕虜がテディに誘導されるままに、
「日本の収容所は捕虜に対してとてもよい扱いをしてくれている」
と答えるのを聞いて、かえってテディの機転を誉めてやりたくなった。

『テディーズ・アワー』の放送目的の一つは、日本軍がアメリカ人捕虜を人道的に扱っていることをアメリカ人にアピールすることだ。だから、テディが捕虜と収容所の話をするのは番組の目的にも適っている。その理屈からすれば、テディは何一つ間違ったことはしていない。

しかし、そう思いながらも最近、万城は何か引っかかるものを感じていた。何か、どこかが、おかしいのだ。これまでの『テディーズ・アワー』とここ一ヶ月ほどの『テディーズ・アワー』とでは番組の雰囲気が少しだけ違う。

しかし、どこが違うのか、それが万城にも分からない。

最初はちょっとした違和感を持っただけだったが、次第にその違和感が大きくなっ

ていった。テディに限って何か悪企みをしているはずはないとは思うものの、テディ自身がそれと気づかぬうちに重大なミスを犯しているとすれば、ことは万城の進退問題にも関わってくる。

そこで、テディには悪いと思ったが、万城は技師に密かに命じて、『テディーズ・アワー』を録音させることにした。そして番組終了後、一人で放送局に残り、テディと捕虜との会話をもう一度聞き直してみた。しかしそれでも、どこにも不審な点は見つからない。

万城が気にしていたのは、テディか捕虜のどちらかが暗号を使い、アメリカに向かって情報を流しているのではないか、ということだった。

短波放送を使い暗号で情報を伝達するというのは、情報戦ではよく行われることだ。日本軍などはこの戦争の最初期には、短波受信機さえ持っていれば世界中の誰もが聞くことのできる日本の天気予報番組を使って、海軍の重要機密を伝達していたことさえあった。天気予報のアナウンサーが「東の風」と言えば、それは日米関係を意味し、「西の風」と言えば日英関係を意味する。その風が強ければ敵軍が優勢であり、弱ければ日本軍が優勢ということだ。軍のこういうやり方を民間人が真似しても不思議ではない。

しかし、万が一テディと捕虜が示し合わせて暗号を使って、日本軍の機密を漏らしているとすれば、それは軍法違反だ。そうなればテディだけではなく、万城の責任問題にもなる。万城としてはそれだけは避けなくてはならなかった。

だが『テディーズ・アワー』の録音を何度繰り返し聞いても、暗号らしきものに気づくことはなかった。

よく考えたら当たり前だろう。

「テディや捕虜が日本軍に関わる重要な機密を知っているはずがないんだ。知りもしない機密を漏らせるはずがない」

しかし、万城の気持ちは落ち着かなかった。いつだったか、テディが捕虜から聞き出した「マーカット少将は野球が好きだ」というレベルの情報ですら、敵国に知られるのは戦略上避けるべきことなのだ。

万城は念のためにもう一度、その日終わったばかりの『テディーズ・アワー』の録音を聞き直してみた。

テディの陽気な声がスピーカーから聞こえてくる。テディはこの時もしつこく捕虜に収容所の待遇について話をさせている。そして、そのあとにこんな話になった。

『大森の収容所からこの放送局まで来るのに車に乗りづめで大変だったんじゃないか?』

『そんなことはない。放送局まで十キロくらいだろう』

『大森からここまでそんなもんなのかい?』

『おい、テディ、君は僕たち捕虜と違って自由の身じゃないか。大森がここからどのくらいのところにあるのかも知らないのか？』

『もちろん幾度となく行っているけど、僕はどうも方向音痴でダメなんだ』

そこまで聞いた時、万城に突然閃くものがあった。

テディが放送中に何をやっているのか、分かったような気がしたのだ。

だが、テディが意識してわざとそうしているのか、それとも無意識に喋った内容が万城の耳には利敵行為のように聞こえたのか、すぐにはその判断はつかなかった。であれば、それを見極める必要がある。無意識にやっているのであれば、テディに注意を与えるだけでいい。だが、もしも意識的にテディがやっているのであれば、放っておくわけにはいかない。

それ以来、万城は密かにテディの放送をすべて録音させることにした。そして、放送終了後、その録音を何度も繰り返し聞いた。

そしてチェックの数が増すごとに、残念ながら万城の疑念は確信に変わってゆく。

それから三週間後、万城はついに決定的な行動に踏み切った。


その日、万城は大門に来ていた。

テディには大森の東京俘虜収容所で、次に出演する者を選別するように伝えてある。

いつもは万城も一緒だが、赤西少佐から急用を仰せつかったと嘘をついていた。テディも慣れてきただろうから、たまには全部任せるよ。そう説明してきたのだった。

確かに赤西少佐の急用であることは嘘ではない。しかしそれは少佐から頼まれたわけではなく、逆に万城から依頼したことだった。

「少佐、テディにスパイ疑惑があります。自宅を捜索したいので、部下の兵をお貸しいただけないでしょうか」

万城のその申し出に赤西ははじめ驚いていたが、説明をすると納得し、五人の兵を預けてくれたのだった。

「ただし、内密に動け。軍や政府はもちろん、周辺住民にも気づかれてはならん。もし君が推測するとおりの結果だったら、秘密のうちに葬り去るんだ――」

そう言った赤西少佐の目からはいつもの穏やかな雰囲気は消え、獲物に狙いを定めた蛇のように、妖しく光っていた。

万城は軍人ではないのでいつもどおりの格好だったが、赤西少佐が付けてくれた兵たちは、制服ではなく砕けた普段着姿だ。しかもいっぺんに訪問せず、別々にテディの家の玄関をくぐる。もしその場を見かけた隣人がいたとしても、友達が遊びに来たとしか思わないだろう。

最初に到着した男が難なく玄関扉を解錠する。

合計六人が玄関のたたきに集まると、万城はおもむろに指示を出した。

「これからこの家を捜索する。スパイ容疑だ。怪しいメモ、機材、書物や写真など、気になるものは全部洗い出せ。

家人が帰ってくることはあり得ない。彼は今大森だ。仲間が彼と一緒にいるから、もし不測の事態が発生したら連絡が来ることになっている」

男たちは無言でうなずくと、土足で家に上がろうとした。

しかし万城はそれを制して靴を脱がせると、最後に一言付け加えた。

「思う存分やっていい。ただし帰りにはすべて元通りにするんだ。我々が侵入したことを悟られないようにな」


それからおよそ三時間。隣人に悟られぬように音に気をつけながら家宅捜索を行った。

本棚や文机はもちろん、箪笥や押し入れ、さらには畳をはがし、天井裏まで徹底的にチェックする。

春江とかいう女の手紙がたくさん出てきたのには驚いた。

堅ブツのテディにしては意外だったのだ。

ところがその他におかしなものは出てこない。

俺の思い過ごしだったかと諦めかけたとき、万城はあることを思い出した。

『昔の習慣が抜けなくて、庭で素振りをしている――』

テディは以前そんなことを言っていた。

居間から縁側を抜け、小さな庭に出る。そこには本人が言ったとおり、小さなマウンドとバッターボックスが作られていた。

彼は一人でボールを投げ、素振りをしていたことだろう。かたわらの壁にはバットが一本立てかけてある。万城はバットを手に持った。

庭をじっと眺めていた万城がバッターボックスに入る。テディになりきり、素振りをしようとする。ホームプレートをバットで二度叩くと頭上に振り上げた。

その瞬間、万城は違和感を覚えた。

振りかざしたバットを元に戻し、もう一度ホームプレートを叩いてみる。

やはりそうか。

万城は身体を屈めると、ホームプレートに手をかけた。

五角形のホームプレートは木製で、叩くと軽い音がした。しかしその音は、不自然にこもっていたのである。

万城も放送を仕事にしている男だ。音には人一倍敏感である。

板を持ち上げると、万城の予想どおりその下は空洞になっていた。

闇の中にかすかに何かが浮かび上がる。

万城がそれを取り上げると、集まってきた男の一人がつぶやいた。

「万城さん、これは――」

「ああ、間違いない。テディのやつ、自前でこんなもん作りやがって……」

その翌日、万城はテディを日本放送協会の会議室に呼びだした。


「最近、君は野球の話が多いね」

万城はできるだけ穏やかな声でテディに言った。

「『テディーズ・アワー』の放送中、しょっちゅう捕虜たちと野球の話をしているような気がするよ」

「それはそうかもしれないね」

テディは万城の言ったことをあっさりと認めた。

「僕はなるべく彼らと友好的に話をしたいと思っている。そのためには共通の話題がどうしても必要なんだよ。だから、どうしても話題が野球に偏ってしまうんだ」

「そうか」

「野球の話をするのが、何か不都合なのかな?」

「いや、そんなことはない。君は栄光ある朝日の元エースピッチャーだ。その君が、野球の本場であるアメリカ人と野球の話をするのは少しも不自然じゃない」

　万城はわざとテディの言った『不都合』を『不自然』に言い換えた。そう、テディが野球の話をするのは少しも『不自然』ではない。だが、そんな話をされるのは日本軍にとっては『不都合』なのだ。しかし、そんなことをおくびにも出さずに、万城は話を続けた。

「だけど、テディ、それくらい野球の話で盛り上がるってことは、君は野球に関してはそれなりの知識を持っているってことだ。そうだな？」

「人に自慢できるほどの知識ではないけどね」

「だけど、常識的なことなら知ってるだろう？　たとえばだ、テディ、レフトがゴロを捕って、キャッチャーへ送球し、そこからボールをライトに投げるゲッツーなんてものがこの世にあるんだろうか？」

　万城が呆れたような顔つきでテディに尋ねると、

「そんなプレーはあり得ないな」

　テディは悪びれもせず、真顔でそう答えた。

「そうだろう？　だけどね、このレフト、キャッチャー、ライトのゲッツーの話は、先週、君が『テディーズ・アワー』でしたことなんだぜ」

「僕がそんな話をしたっけ？」

「したんだ」

　万城はテディの顔を睨みつけたが、すぐに視線をそらした。

　そしてしばらく沈黙したあと、大きな溜息とともに話し始めた。

「君には悪いと思ったが、ここ数週間の『テディーズ・アワー』は技師に命じて、全て録音させているんだよ」

「そうだったのか……」

　テディはそう言うと、万城がよくやるように両手を広げて見せた。万城が「やれやれ」と言う時に必ずするポーズだ。どうやら、万城がテディを会議室へ呼び出した理由が分かったようだった。

「だけど、よく気がついたね。どこまで君は知っているんだい？」

「おそらく全部だ」

　と万城は言った。

「テディ、君はやり過ぎたんだよ。最初のやり方だけで通していたら、いや、それでもいつかは俺は気がついていたという自信があるが、それにしても、俺に気づかれるまでにもう少し時間を稼げたはずだ」

「そうか、だったら、あれは止めておくべきだったんだな」

「そうだ。君が使った暗号は素人でも見抜けるような初歩的な暗号だ。その証拠に素人の俺が見破ってしまった。スコアブックで試合の経過を記録する時は、野手のポジションは数字で表す。だから、レフトは7、キャッチャーは2、そしてライトは9だ」

「そうだ、そのとおりだよ。よく分かったね」

テディの声は明るい。何一つ悪いことはしていないという確信を持った声だった。

「だけど、その数字の意味は分かったのか？」

テディにそう言われて万城は苦笑した。

「そりゃあ分かるさ。だって、君はこの暗号を短波放送を通じてアメリカの一般人に向けて喋ったんだ。だから、誰にでも分かるくらい簡単な暗号でなくちゃ意味がない。729は所番地だろ？　七丁目二番九号はあの時君が話をしていた俘虜収容所の住所だな？　ねえ、テディ、俺は自分の推理が正しいかどうか確かめるために、わざわざ資料室で収容所の住所を調べたんだぜ」

「それはご苦労様だったね。だけど、僕も同じことをしたんだよ。日本全国の俘虜収容所の住所が知りたくて、それで資料室にこもったんだ」

「つまり、俺がした苦労を、君はその前にしてたってことだな。だけど、テディ、何だってご丁寧に住所まで伝えようとしたんだ？」

「そのほうが親切だと思ったんだよ」

「ラジオを聞いているアメリカのリスナーたちは、郵便配達夫じゃないんだぞ」

万城はいつも以上の迫力でテディに詰め寄った。

しかし、テディは動じなかった。

「でもね、所番地はやはり大事なんだ。今、僕の家に週に何度か手紙を届けてくれる人がいるんだけど、その人は郵便配達をしていた人の奥さんなんだ」

「郵便配達をしていた人はどうしてるんだ？」

「兵隊にとられてしまったんだよ」

「そうか。よくある話だ」

「うん、今ならよくある話だね。だけど、郵便配達っていうのも馴れないとなかなか大変らしくてね。初めてうちに手紙を配達してくれた時にその奥さんが言ってたんだ。『大門と言っても広いんですね。私はまったく逆のほうへ行って、あなたの家を探してました』って。だからね、たとえば大森と言っても広いだろうから、大森のどこに俘虜収容所があるのかきちんと所番地を言っておいたほうがいいんじゃないかと思ってさ」

「それは要らぬお世話というやつだ。君は最初にやっていたとおりにやるべきだったんだよ」

そこまで言うと、万城はそれまで喋っていた日本語から急に英語に切り替えて話し出した。

「君はただ漠然と大森なら大森とそれだけ言っていればよかったんだ。そうすればまさか君が俘虜収容所の場所をアメリカ人に教えてるなんて、おそらく誰も気づかなかったんじゃないかな」

万城が英語で喋ったのは、万が一にも二人の会話を誰かに聞かれた時のための用心だった。

そこまで言うと、万城は意を決したように切りだした。

「実は昨日、君の家を調べさせてもらった」

それを聞いたテディはさすがに眉根を寄せた。

「酷いじゃないか。勝手に家に入るなんて」

「酷いのはどっちだ。信頼を裏切るってのは、人として一番酷い行為だぜ」

「裏切る？」

テディは内心の緊張を隠しながら応える。

しかし万城は追及を緩めず、いきなり核心に迫った。

「諦めろ。君のやったことはすべて分かってる。家だけじゃない。庭も調べさせてもらったよ」

万城がそう言った瞬間、テディはすべてを悟った。

「庭にささやかなバッターボックスがあったな。君自身も以前、時間ができると素振りをしていると言っていた。それでピンと来たんだよ。さすがは元エースピッチャーだ。ならば、大切なものはここにある。俺はそう直感したよ。ホームベースの下は空洞で、あるものが隠されていた」

万城は言いながらテディの前を離れると、会議机の上に広げられていた風呂敷をはぐった。

下から木製の箱が現れる。

それは明らかにラジオだった。

「そう、ラジオだ。ただし、ただのラジオじゃない。日本では持っていることさえ違法の、短波受信機だ。これで一体何を聞いていた⁉」

万城がテディに詰め寄る。しかしテディは大きく息を吐いたあと、毅然と顔を上げた。いつにない真剣な眼差しで。

「そうか、万城さん、そこまで知っているんだね。

なら白状しよう。あなたの信頼を裏切ってすまない。僕は放送中に暗号を使って、日本の俘虜収容所の住所をアメリカやカナダに伝えていた。

そしてあっちからの放送を受信して、バンクーバーに残してきた家族たちの安否を探ってたんだ」

その眼には、勝負どころで決め球を投げる時のような、静かな迫力がみなぎっていた。

「傍受だけなら社でもできただろ。なんで短波受信機なんか自作するんだ」

万城が思わず声を荒らげる。

するとテディが静かに応えた。

「あなたは以前、僕が朝日のピッチャーで、北米では有名人だと言ってくれたね。いままでそんな実感はなかったけど、『テディーズ・アワー』を始めてそのとおりなんだと分かったよ。選手時代の僕を知る人々が、アメリカやカナダから短波に乗せて、あっちの日系人の様子を教えてくれるようになったんだ」

予想外の告白に、万城は眼を見張る。テディの告白はさらに続いた。

「北米の短波放送を傍受している部署からは、そんな放送が来ていることは教えてもらえなかった。僕が日系カナダ二世だってことはバレてるからね。ただ僕はどうしても知りたかったんだ。僕の家族や友人、朝日のチームメイトが今どうしているのか。強制収容所に入れられたということは聞いていたが、それがどこにあるのか。その中で皆がどんな生活をしているのか……」

そこまで話し、テディの声が涙で詰まる。

苦しかった時代を励ましてくれて、ここまで育ててくれた仲間を見捨てることはできない。せり上がる想いを呑みこんで、テディは言った。

「今こそ恩返しをする時なんだ。少しでも彼らの力になれるなら、僕はどうなったってかまわない。

春江という僕のガールフレンドを知ってるよね。何度か話したことがある、神田の古書街で出会った子だ。

何度もデートをしたけど、僕たちはただフラフラしてたわけじゃない。短波放送の受信部で機械の基本構造を教えてもらって、彼女と会うたびに問屋街なんかを回っては、部品を買って短波受信機を自作したんだよ」

万城は言葉を失った。

ずっと、テディはのほほんと自分の指示に従っているだけだと思っていたのだ。驚くのも無理はない。

短波受信機を自作したことに驚いているのではない。日本放送協会で冠番組を持ちながら、憲兵隊の視線をかいくぐり、そんなことをやろうとしたテディの度胸に驚いていた。

「その受信機で、北米の君のファンから届く情報を聞いていたんだな」

「そうだ。彼らは、日系人たちがいまどんな状況か、人種の垣根を越えて、友人として教えてくれた。

代わりに僕は、彼らに日本の俘虜収容所の場所を伝えていたというわけだ。僕の作った機械では、受信は出来ても送信はできない。もしできたとしても、電波を出した瞬間に検知されて、自宅に憲兵隊が踏み込んでくるのがオチだからね。なんとか日系人を収容所から救出したかったけど、さすがにそれは難しい。万城さんは『テディーズ・アワー』の放送が、戦争の終結に役立つといっていた。僕もそのとおりだと思う。直接救出することができないなら、今できることをやろうと思ったんだ」

そこまで聞いて、いつもは尊大な万城も驚きを隠せない様子だった。

事はテディの処遇だけじゃない。現場責任者である万城、さらにはプロジェクト自体を指揮している赤西少佐の責任問題にもなりかねない事態だった。

「君のやっていることは明らかな軍法違反だ。軍部は絶対に君を放っておいてくれない。そうなったらどうなると思う？　君はカナダの日系二世だ。国籍もカナダと日本の二重国籍だ。叩けばいくらでも怪しいところは出てくる。怪しくなくたって憲兵が君を怪しい奴に仕立ててくれるだろう。そうすれば君は下手をすれば刑務所行きだぞ」

「それでもいいんだ」

「そうか、それなら勝手にしろ！」

そう叫ぶと、万城は椅子を蹴立ててその場から出ていった。

この時、万城もテディも相手の言い分をすべて聞いた気になっていた。お互い相手は言いたいことを言ったのだから、こちらは聞くべきことはすべて聞いたと思っていたのだ。だが、それは二人とも間違っていた。

まず万城はテディがこれまでのようなことを続けていたら、その被害はテディ一人ではなく、万城にまで及ぶ、ということを言わなかった。

なぜ言わなかったのか？

それは万城自身も自覚していなかったことだが、もしも誰かが万城に強いてその理由を聞いたら、万城は腹立たしげな声で「それが俺の武士道だからだ」とでも答えただろう。万城は自分の保身のためにテディの反戦行動を止めるのは卑怯だと思ったのだ。

またテディも万城に一つだけ言わなかったことがあった。テディが番組にことよせて日本の俘虜収容所の場所をアメリカ人に伝えているのは万城も気づいている。だが、その中でもたびたび取り上げているのが、大森の俘虜収容所と横浜にあった俘虜収容所分室だということまでは気づいていない。

大森の俘虜収容所にいる捕虜たちはテディの番組の出演者たちである。一度でも話をしたことがある捕虜たちが、味方の落とす爆弾で命を落とすのは避けたいと思った。

そこで、テディは放送の中でたびたび大森には俘虜収容所がある、と言い続けた。そうすれば、アメリカ軍は大森には空襲をしない、アメリカ人がアメリカ人を殺さないですむ、と望みをかけたのだ。

そして、横浜にも小規模ながら俘虜収容所があると、これも繰り返し言っていたのは、横浜には春江が住んでいるからだった。テディは自分の力によって春江の命を救おうとしていたのである。だが、さすがにそんなことは万城には言えなかった。

好きな女性を守るために、命がけで軍法に違反するなんて、とんだドンキホーテだ。しかも、その女性はテディが好意を持っていることをどれくらい知っているだろう。少なくとも、テディが命をかけてまで守ろうとしていたとは気づいていないかもしれない。

テディは好きな女性を守るために命をかけることを欠片も恥じてはいない。テディの考えでは、戦いとは大切な人を守るために仕方なく行われるものだ。それ以外に戦いを正当化する理由はない。

そう、テディがマイクの前で俘虜収容所の所在地を連呼することは、テディにとっては戦いなのだ。そして、その戦いの相手は日本でもなければアメリカでもない、戦争そのものなのである。だが、そんなことを万城に言ったところで理解してくれない、とテディは思っていた。

テディは万城が嫌いではないのだ。特に最近の万城は。

その万城とこれ以上口論などしたくはなかった。だから、テディは春江のことを万城には言わなかったのである。


それから二ヶ月後、テディのもとに〝白紙《しらかみ》〟が届いた。

届けてくれたのはいつものもんぺを穿いたあの婦人だった。その亭主はもともとは郵便配達夫だったが、〝赤紙《あかがみ》〟一通で戦場へ兵士として召集されてしまったので、妻である彼女が夫の代わりに配達の仕事をしている。

〝赤紙〟とは召集令状のことである。淡い赤色の紙に印刷されていたのでそう呼ばれていた。

戦況が厳しくなればなるほど兵士の数は不足する。不足の原因はもちろん戦死だ。その不足分を軍はどんどん補充していかなくてはならない。そのために召集令状である赤紙が乱発されるようになった。

このもんぺを穿いた郵便配達婦はこれまでに何度も赤紙を配達してきた。赤紙をもらった人は軍隊に入隊し、すぐさま戦場へ送られる。赤紙は「戦場へのパスポート」なのである。

軍国主義の下では、お国のために死ぬのはよいこととされているから、赤紙を受け取っても表向きはイヤな顔をする人はいない。だが、戦場へのパスポートをもらって、心の底から喜ぶ人もいない。

だから、たいていの人は赤紙を受け取ると複雑な表情をした。

ところが、テディの場合は違った。手紙を受け取るなり、にっこりと微笑んだのだ。まるでこれまでの心配事が一気に片付いた、そんな表情だった。

自分が配達したものがてっきり赤紙だと思っていたその婦人は、いささか驚いてテディのその顔を見つめた。

「古本さん、あなたにもとうとう赤紙が来たんですね」

そう言うと、テディは、「いいえ、そうじゃないんですよ」と言って、この婦人に封筒の中身を見せてやった。それは赤紙ではなく白い紙に何やら印刷されたものだった。

仕事柄、彼女は赤紙ならイヤというほど見てきたが、〝白紙〟というのは初めてである。その紙に一体何と書かれているのか、そこまで尋ねるのは不躾すぎて聞くわけにいかなかったが、それでもテディの嬉しげな顔を見ているだけで、それがよい知らせであることがこの婦人にも想像がついた。

赤紙だと思って受け取ってみたら、全然違う知らせだったので古本さんは安心したのだろうと。そこで、

「よかったですね」

と思わず言ってしまった。赤紙が届かなくてよかったなどという言葉を愛国主義者に聞かれたら大変なことになるが、これまで何十回となく、赤紙を受け取った家族の悲しげな顔を見てきた彼女にしてみれば、やはり赤紙は届かないほうがよいものなのだ。

テディも彼女のそんな気持ちがよく分かったので、

「ええ、ありがとうございます」

礼を言い、改めてその〝白紙〟を読み返すために家の中に戻った。

この郵便配達婦は知らなかったのである。

民間人を戦地に徴用する召集令状には何種類もある。その中でもっとも知られていたのが通称〝赤紙〟だが、それ以外にも〝白紙〟と呼ばれるものもあった。

正確には赤紙は民間人を兵士として召集させるもので、白紙は民間人を兵士以外の役割で徴用するものだ。だから赤紙は召集令状だが、白紙は徴用令状ということになる。

テディに届いたその白紙の徴用令状によると、テディは記者として戦地に徴用されることが決まったらしい。

兵士としてではなく、記者として徴用されると言っても、行き先が戦場であることに変わりはない。最前線に回されれば、死ぬ確率は後方にいる兵士たちよりもはるかに高くなる。

おそらく軍部にしてみれば、テディを兵士として召集したいところだったのだろう。だが、テディが二重国籍であるため、それができず、苦肉の策として記者として徴用することにしたのだ。つまり、これは懲罰としての徴用だった。そしてその罰とは言うまでもなく、テディが放送を通じて軍の機密を漏らした、ということだった。

「そうか、万城さんもとうとう僕をかばいきれなくなったんだな」

テディはその徴用令状を読みながら思った。

万城はテディが放送で俘虜収容所の場所をアメリカ国民に告げていることを知ってからも、テディのやることを見て見ぬふりをしてくれていた。テディのやっていることは明らかな軍法違反なのだから、それを密告しないどころか、ただ黙認しているだけでも、万城は同罪に問われる可能性がある。ところが、万城はその危険を冒してでも、テディのやることを放っておいてくれたのだ。

だから、今回、テディを軍部に〝売った〟のは万城でないことだけは確かだった。

テディはそれだけで満足だった。

万城に自分の意図を打ち明けて以来、テディは開き直ったかのように放送中に俘虜収容所の場所を連呼しだした。あんなことをやっていれば、万城が報告しなくても、誰かが必ず軍部に密告するだろう。それを考えればずいぶん持ちこたえてくれたものだ。

戦場へ行けという令状が届けば、その命令に逆らうことは不可能である。テディは戦場へ行かなければならない。そして、それはかなり高い確率で死ぬということを意味する。

「やれやれ」

テディはそう言いながら、万城がよくやっていたように両手を広げて見せた。

「もう二度と会えないんだな」

そう小さくつぶやきながら、バンクーバーに残してきた人たちのこと、そして、春江のことを考えていた。

混乱の中、テディは春江に別れを告げる間もなく、白紙を受け取った翌日には、軍へ出頭しなければならなかった。


それから数日後、テディはビルマに徴用された。

日本軍がビルマからインド北東部を攻略する戦闘に参加させられたのだ。日本陸軍が『ウ号作戦』と名付けたこの作戦は、戦後、『インパール作戦』という名で知られるようになる。

九万人の兵士が集められ、そのうち二万六千人が戦死、三万人以上が戦病死している。敗退した日本軍がインパールから撤退した時に通った道はのちに『白骨街道』と名付けられた。武器どころか食料すらまともに与えられなかった兵士たちの死骸が累々と横たわり、ウジがたかり、腐乱し、果ては白骨になったからである。

テディはそんな戦いに放り込まれてしまったのだ。

＊

太平洋戦争で日本軍が勝利に酔っていられたのは、一九四一年末から一九四二年頭にかけての緒戦だけだった。

一九四二年六月のミッドウェー海戦で完膚なきまでにアメリカ軍にやられてから、日本軍は一気におかしくなり、一九四三年に入るとガダルカナル島の敗退、アッツ島の玉砕を境にして、文字どおり坂道を転がり落ちるように敗退していく。

そもそもこの戦争には最初から無理があった。石油をはじめとする戦争に必要な物資の量が、日本とアメリカでは違いすぎたのだ。

しかしテディはこの戦闘を生き延びた。

各地を従軍した挙句に銃撃されたものの、銃弾は太腿を貫通してくれた。大きな血管を損傷することなく、現地の病院に収容されたのだ。

傷も癒えず、そこから来る熱が引かないまま、陸軍の輸送船で帰国することになる。

しかし、すでに東シナ海域の制海権は連合国側に握られていた。出港間もなく発見されて攻撃を受けるとあえなく撃沈される。傷を抱えながら救命胴衣を身につけてなんとか岸まで辿りつくのだが、次の船でも同じことが繰り返された。

そして三度目の船でようやく日本に帰国するのである。

ところが、帰国途中で直面した苦難の結果、広島港に辿りついた時には一人では歩けない有り様だった。そのまま現地の病院に入院し、以後、生死の境をさまようことになる。


その間も戦争は続いている。

一九四四年八月、テニアン島の日本軍玉砕。その九日後、グアム島の日本軍玉砕。十月にはレイテの戦いで神風特別攻撃隊が初出撃を行った。俗に言う特攻隊である。爆弾を抱えたまま敵機にぶち当たって自爆するという、ある意味インパール作戦よりも酷い戦い方だった。

この神風特攻隊の各隊には、本居宣長の「敷島の大和心を人問えば朝日に匂う山桜花」という和歌から、敷島隊、大和隊、朝日隊、山桜隊と命名された。

その話を後日知ったテディは入院中の病院のベッドの上ではらはらと涙を流した。ただ、もうわけもなく悲しくて仕方なかった。

テディが若かりし頃所属していたのがバンクーバー朝日というカナダの野球チームだった。その球団名をつける時、日本から遠い異郷カナダにいるからこそ余計に日本らしい名前がよかろうと、鏑木という人が選んだのがやはり本居宣長の「敷島の大和心を人問えば朝日に匂う山桜花」の和歌で、そこから朝日という名前が生まれたのだ。

日系人だけで作られた朝日は、白人チームと戦うことを前提に誕生した。そして、その朝日にテディは十代半ばからの十年間、若さのすべてを捧げた。そして、今、同じ朝日という名前の〝チーム〟に日本の若者たちがその青春を捧げようとしている。その偶然の符合と、彼らが立たされている状況のあまりの違いに、テディは何をどう思ってよいのかも分からず、ただただ泣いたのだ。

しかもテディたちの朝日は白人たちに勝つことができたが、彼ら朝日隊の人たちは結局白人たちに勝つことはできなかった。しかもそれは彼らのせいではない、日本軍のせいだったのだ。

一九四五年になると、二月に硫黄島の戦いがあり、三月にはアメリカ軍がマニラを占拠した。ここを拠点にしたＢ29が日本本土を襲い、東京、名古屋、大阪、神戸と大空襲が始まった。四月にはそのアメリカ軍が本土に上陸し、沖縄で玉砕戦が行われた。日本と同盟国だったドイツの総統ヒトラーは自殺し、ナチス・ドイツは滅亡。静岡、仙台、宇都宮、函館、小樽、青森が空襲に遭い、そして八月、とうとう広島に原子爆弾が投下される。続いて長崎にも。

テディは帰国してからずっと広島の陸軍病院に入院していたが、続々と戻ってくる負傷兵でベッドがいっぱいになり、古本の両親の故郷・山口県の病院に転院されていた。強運にも、広島を出発したのは原爆投下の前日、八月五日のことだった。テディは原爆のニュースを聞き、皮肉な運命に唖然とした。そして八月十五日の玉音放送を、山口県の病床で聞くことになる。

これもテディは後から知ったことだが、日本放送協会はその前日である八月十四日の時点で、翌日に天皇の言葉が放送されることを知っていた。玉音放送は終戦宣言でもあるから、日本語だけではなく少なくとも英語でだけでも、できるだけ広く世界中に知らせる必要がある。

そのため、日本放送協会の局長に呼ばれた万城は、すでに録音済みの玉音放送の原稿を手渡され「明日までにこれを英語に翻訳せよ」と命じられた。そして、八月十五日の当日、万城はマイクの前で玉音放送の英訳原稿を読みあげた。その時、天皇の声が同時にバックに流れていたが、日本語を解さず英語しか分からない人たちは、万城の声によって日本の終戦宣言を聞いたことになった。

とはいえ、これで戦争が完全に終わったわけではない。兵器を使った殺し合いはこれですべて終わりを告げたのだが、そのあとには勝利国が敗戦国を裁くという裁判が待っていた。

東條英機を筆頭とするA級戦犯から、B級C級戦犯の名前が連合国側から発表されていく。

この戦争裁判の被告としてテディこと古本忠義の名前も挙げられた。罪状は国家反逆罪。『テディーズ・アワー』という「謀略放送」でアナウンサーをやったことが罪に問われたのだ。

終戦直前、日本放送協会は戦中の短波放送の録音盤をすべて破棄していた。万城が録音した『テディーズ・アワー』も同様である。

ところがGHQ（連合国軍最高司令官総司令部）はどこからか証拠を集め、テディに出頭命令を出したのだった。

とはいえ、『テディーズ・アワー』は純然たる反戦番組だった。その番組のアナウンサーをしただけでは、テディが罪に問われるはずはなかった。事実、同じ番組に関わった万城は罪に問われていない。

さらに付け加えるなら、『テディーズ・アワー』以後も日本放送協会は同様の趣旨の番組をいくつか放送していた。『テディーズ・アワー』の成功を受けて作られた『ゼロ・アワー』『日の丸アワー』という番組だ。だが、その番組に関わった人たちも一人を除いて、誰一人起訴された者はいなかった。

問題になったのはテディの国籍だった。テディが純粋な日本国籍の人間であれば、戦時中に敵国を挑発するような放送を行ったとしてもそれは仕方のないことだと判断される。国際法がどれほど精緻に作られていても、兵士が敵国を攻撃することまで罪に問うことはできない。

ところが、テディはカナダと日本の二重国籍だった。カナダは連合国側、すなわちアメリカの味方である。仮にテディがカナダ人とすれば、テディは母国であるカナダを敵に回し、敵国日本のために働いた反逆者、ということになる。

この頃、テディとまったく同じ罪状でやはり起訴された人がいた。東京ローズことアイバ戸栗ダキノである。彼女もアメリカ国籍であるにもかかわらず、日本放送協会を通じて、反米的かつ親日的反戦報道をしたという罪状でアメリカで裁判を受けることになったのだ。ちなみに彼女が最終的に受けた判決は禁錮十年、罰金一万ドル、アメリカ国籍の剥奪という過酷なものであった。

しかし、東京ローズにこの判決が下るのは、この時からさらに数年先のことである。戦後間もなくの戦犯の裁判は、この時点では誰がどのような判決を受けるのかまったく予想がつかなかった。すべては戦勝国であるアメリカのさじ加減一つというのが実情だったのだ。

しかもBC級戦犯で最初に死刑判決が下ったのは、俘虜収容所の関係者だった。この判決によって、戦時下に捕虜に関わった人たちは、下手をすると死によって報復される、つまり死刑に処せられるという印象を与えられた。

ある意味悪趣味なことだが、裁判の模様は日本放送協会の電波を通じて、日本全国にラジオ放送された。死刑判決もこの番組で報道されたのだ。

入院している下関陸軍病院のテディのもとに、このことを知らせる電報が届いたのは九月頭のことだった。

『キクンニ センパンシメイ シキュウ レンラク コウ マンジョウ』

テディはその電報を読みながら、最悪の場合、自分にも死刑があり得ると覚悟した。テディが罪に問われている最大の原因は二重国籍である。だが、テディはその国籍のおかげで、おそらく二度命を救われている。一度目は戦争前に日本に来て、カナダに帰れなくなった時。二度目は周りの同世代の人たちがどんどん徴兵されていくのに、自分のところにだけ赤紙が届かなかった時だ。

戦争前にカナダに帰っていたら、テディは確実に強制収容所へ送られていただろうし、赤紙が届いていれば、テディは否応なく一兵卒として戦場に駆り出されていただろう。

どちらの場合もおそらく二重国籍だったおかげで免れることができた。そのテディが今度はその国籍のおかげで罪に問われようとしている。それも最悪の場合、死刑という形で。

そこまで考えた時、テディの頭に春江の姿が浮かんだ。

ようやく傷が癒えて体力が回復し、テディが東京に戻ってきたのは、それからさらに半月ほどが経った九月終わりのことだった。

日本放送協会に顔を出したあと、ＧＨＱから指定された場所に出頭するためである。ところが、テディは混乱した交通事情の中をなんとか上京すると、愛宕に直接行くのではなく、まずは横浜に向かった。

横浜に入り、テディを驚かせたのは、街一面が焼け野原となった横浜の惨状だった。一九四五年五月二十九日にＢ29爆撃機の大編隊が、横浜に大規模な焼夷弾攻撃を行った結果、市内はほぼ壊滅状態となっていたのである。

横浜に俘虜収容所があることを『テディーズ・アワー』で告げ、空襲を避けようとしたのは無駄だったのか。

テディが帰国したときに見た、立派な大桟橋や瀟洒な湾岸の街並みは灰塵と化している。ＧＨＱのジープが行きかう中、焼け出された人々が道端で横になり、闇市では法外な値段で粗末な食料や衣類が売られていた。

春江は無事だろうか――

東京の空襲を逃れるためにやってきた横浜で、こんな大規模な空襲に見舞われるとは思わなかった。身体の不自由な祖父母を抱え、春江がこの戦禍を逃れられたのか心配でたまらない。

一度も行ったことはないが引っ越し先の住所は聞いている。それでも、建物や道が空襲で破壊されているため、辿りつくのは容易ではなかった。

昼過ぎに横浜に到着したものの、春江の家、と思われる場所に着いたのは夕暮れが迫る時間だった。

その場所に立ち、テディは息を呑んだ。

覚悟はしていたが、あたりは焼夷弾で跡かたもなく燃えていたのだ。

真っ黒になった木材と、家の基礎だけが痛々しく残っている。

ダメか。

テディはそう覚悟した。考えたくないが、この様子だと春江が無事の可能性は限りなく低い。

テディはその場で目をきつく瞑り、大きな溜息とともに座り込んだ。

「ロミオとジュリエット」について、目を輝かせて語っていた春江。

『テディーズ・アワー』の放送について、思い悩む僕を励ましてくれた春江。

彼女の笑顔が胸を締め付ける。別れを告げずに出征したため、春江と最後に会ったのは彼女が横浜に引っ越す直前だった。

考えたくないが、彼女の〝死〟を覚悟して、テディの身体から力が抜けていった。

ところが、ふと顔を上げた瞬間驚いた。

春江が、目の前に佇んでいたのだ。

キメ細かく白かった顔は煤《すす》に汚れ、ボロボロのもんぺを穿いている。

春江は懸命に笑顔を作ろうとするものの、込み上げる想いを抑えられない。歯をくいしばりながら、大粒の涙が頬を伝っていた。

「忠義さん――」

「春江ちゃん」

「おかえりなさい。無事でよかった」

そう言った途端、彼女の肩が大きく揺れる。涙は嗚咽に変わり、誰憚《はばか》ることなく泣き始めた。

ずっと不安と闘っていたのだろう。緊張の糸が途切れたのと苦しい現実がない交ぜになる。テディは思わず彼女の肩を抱きしめた。

「ずっと連絡できなくてごめん。終戦の直前に日本に戻ってきたけど、戦地で負傷してね。熱も引かなくて、病院にずっと入院してたんだ。春江ちゃんは大丈夫か?」

するとと春江は涙を必死に飲みこんで応えた。

「見てのとおり。横浜の空襲でこのあたりは全滅です。私はたまたま勤労奉仕に出かけていたんですけど……家に居た両親と祖父母、それに妹たちは全員……」

そう言って再び下を向き黙り込んでしまった。

「そうだったのか……」

テディは絶句した。

テディもギリギリのところで生き延びたが、彼女も地獄を見てきたんだろう。天涯孤独になり、生きる術を切り拓かなければいけないものの、家族が亡くなったこの地を去ることができなかったのだ。

でも、そのおかげで巡り合えた。

「春江ちゃん、僕はGHQから戦犯指名を受けたんだ。数日中には出頭しなくちゃいけない」

いきなりの告白に、真っ赤にした目を見開いて驚いている。

ところがその後に聞いたテディの言葉は、春江をさらに驚かせるものだった。

翌日、春江と別れて東京に向かい、愛宕の日本放送協会で万城と再会した。

万城はテディの無事を喜んでくれたが、その変わり様に驚いたのだろう。戦犯指名を受けることになった『テディーズ・アワー』は、自分が誘ったという負い目もあったのかもしれない。いつも自信満々で饒舌な彼らしくなく、終始言葉少なだった。

久々の再会を喜んだあと、テディは翌日にはGHQへ出頭した。

皮肉なことに出頭を命じられたのは東京俘虜収容所だった。万城とテディが番組に出演する捕虜を選別していた所である。

ボストンバッグひとつを持って、入口で立番している兵士に事情を説明する。すると荷物は没収され、瞬く間に独房に入れられた。

粗末な食事が出されただけで、ほとんど眠ることも出来ずに夜が明けると、翌日には朝から取調室に連れていかれ、いきなり尋問が始まったのである。

「この声はあんただな?」

六畳ほどしかない簡素な部屋で、取り調べを担当するGHQの兵士が質問する。

机の上にはテディの目の高さにまで、レコード盤が積み上げられていた。

ご丁寧にも、傍らにはターンテーブルまで用意されている。積み上げられている中から一枚を抜き出すと、兵士はレコードに針を落とした。

ブツブツという雑音のあとに、くぐもった声が聞こえてくる。

グレン・ミラーの「ムーン・ライト・セレナーデ」のメロディのあとに響いてきたのは、よく通るバリトンだった。

『Come on in!

Welcome to Teddy's Hour.

Hi, how are you doing? I'm Teddy.

This program from Tokyo, Japan.

This is JOAK!』

「これは日本放送協会が流していた『テディーズ・アワー』という番組だ。アメリカでもリスナーが多く評判だったよ。俺も聞いてたしな」

テディは兵士の話を黙って聞いている。

「このレコードは我々アメリカ軍が録音していたものだ。一九四二年の夏に始まった番組が全部録音されている」

ＧＨＱの周到な調査にテディは愕然とした。

テディがなおも黙っていると、取調官はさっきまでの高圧的な雰囲気から、トーンを変えて話し始めた。

「『テディーズ・アワー』は人気番組だった。行方不明になった兵士の安否を知らせてくれるし、露骨なプロパガンダ放送もない。かけられるジャズのセンスも良かったよ」

一呼吸置くとさらに続けた。

「極めつけは暗号だ。あなたが送ってくれた暗号のおかげで俘虜収容所の場所が正確に分かった。爆撃目標からその周辺を外すことができたよ。

あなたはさらに、自作の短波受信機を使って北米のリスナーとも情報交換をしていたらしいな。本国のリスナーから複数の報告を受けている」

ところが取調官はそのあと、ふたたびきつい口調でテデイに詰め寄った。

「ただし、人気番組だろうがなんだろうが、あなたが日本軍に協力したことに変わりはない。放送に協力しなければ死刑にすると脅されたと、収容されていた元捕虜たちは証言している。しかもあなたはカナダ人だ。連合国の一員でありながら侵略戦争に荷担したのは『国家反逆罪』にあたるんだ！」

机を叩きながら取調官が声を荒らげる。番組名は『テディーズ・アワー』だ。その後、この番組を参考にしたプロパガンダ放送がいくつか実行されたらしいが、番組名にＤＪの名前が入っているのは一つもない。バンクーバー朝日の元エースの知名度を活かそうとした万城の工夫が、ここに来て仇となってしまったのである。

言い逃れられるはずがない。

そもそも後悔もしていない。

軍の思惑がどうあろうが、僕は捕虜たちの声を家族のもとに届けたんだ。

そのお返しに、強制収容所に送られた在カナダ日系人の状況を教えてもらっただけだ。

「これはあなたの声だな⁉」

畳みかけるような詰問に、テディは毅然と応えた。

「そうです。この声は私です。『テディーズ・アワー』は私の番組です」

呆気なくテディが自供したことで、取調官は拍子抜けしている。それでも「グッド」と満足げにうなずくと、その日の尋問の終わりを告げた。

テデイは覚悟していた。

認めた以上、有罪は間違いない。自分が知らない間に万城がやったこととはいえ、捕虜に死刑を仄めかして放送に協力させたことは明白な国際法違反だ。

軍事裁判が始まろうとしている。戦争に勝った側が負けた側を裁く裁判だ。

捕虜への虐待と国家反逆罪――。

テディは最悪の事態も覚悟し、春江に頭の中で謝った。

それからの取り調べは詳細な事実確認が続いた。

番組はいつ、どんな人たちで企画され、実行に移されたのか。

特に細かく確認されたのが、捕虜へ番組の協力を強制したときの経緯だ。その他のことは取調官に聞かれるまま、包み隠さず話したが、そこだけはお茶を濁した。万城がやったことを言えば、彼も間違いなく逮捕される。万城はテディの背信を知ってからも、自分から軍へ報告しようとはしなかった。おかげでテディは少しの間とはいえ、徴用されることを免れたのだ。

万城にはいろいろとお世話になった。最後は袂を分かったが、感謝こそすれ恨みはない。テディにできることは彼の名前を言わないことくらいだった。

ところがそんな日が二週間ほど経ったある日、テディは突然釈放を言い渡される。呆気にとられているうちに、没収されたボストンバッグが返され、東京俘虜収容所の正面ゲートから外に出された。

そこで彼を待っていたのは万城だった。

アナウンサーに誘ったことでテディをこんな状況に陥れてしまった。そのことに心を痛めた万城は、何とかテディを救おうと、持てる限りのコネクションを使いあちこち飛び回っていたのだ。そして、とうとうテディにとってのグッドニュースを手に入れた。その結果、テディは突然の釈放になったのだ。

「万城さん、どうして――」

「起訴は取り下げられたぞ、テディ。無罪だ！」

いきなり万城にそう叫ばれても、テディはすぐに喜べなかった。死ぬ覚悟を固めつつあったのに、殺されなくてすむと言われても咄嗟に反応できない。

それでも何とか、

「どうして？」

とだけ聞くと、

「マーカット少将だ！」

と万城は叫ぶようにして言った。

「マッカーサーの参謀が君を救ってくれたんだ」

「どうして、そんな大物が僕を助けてくれたんだ？」

意味が分からず、ようやくテディがそれだけつぶやく。

すると万城は、いつもの得意げな顔をして言った。

「君は覚えていないのか、野球が大好きだというマーカット少将のことを？『テディーズ・アワー』で君が捕虜とそんな話をしていたじゃないか」

「ああ、そういえば、そんな話をした気がする。だけど、それと何の関係があるんだ？」

「マーカット少将は戦時中、対日戦争で指揮官を務めていたんだ。だから、日本が行っている反戦番組『テディーズ・アワー』は何度も聞いていて、あの番組が反逆罪に当たらないことはよく知っていた。そこで、マーカット少将が自ら、君を救うために動いてくれたんだよ」

「だけど、どうして、そんな大物が見ず知らずの僕なんかを救うために？」

「何を言ってるんだ、おい、テディ、君は元朝日のエースのテディ古本なんだぞ。そして、マーカット少将は戦争中でも野球チームを作ってしまうような野球好きだ。あの少将はアメリカだけではなく、北米の野球のことなら何でも知っている。もちろんカナダの野球界についてもべらぼうに詳しい。どうやら、マーカット少将は君のファンだったようだ」

　万城はテディに向かって微笑みかけようとしたが、その瞳にはうっすらと涙が浮かんでいた。

「それから、テディ、もう一ついいことを教えてやろう。君が『テディーズ・アワー』を辞めさせられてからも日本放送協会は対米放送は続けていたんだ。今度は捕虜自身がアナウンサーをやるという番組だ。

　そのために捕虜の中から選りすぐりのメンバーを選び、彼らを駿河台にあった日本放送協会の建物に極秘に移させた。もちろんそんなことを知っているのは、日本放送協会の中でも俺を含めたトップの数人だけだ。

　ところが、どうだい、アメリカ軍はすぐにその極秘情報を手に入れたんだ。そのことも俺はこの前ＧＨＱの連中から聞いた。駿河台に捕虜がいることを知ったアメリカ軍は、わざと駿河台だけは避けて空襲を行っていたそうだ。

テディ、君の狙いは間違っていなかったんだよ。君にもう少し長く放送をやらせていたら、日本への空襲はもっと減っていたかもしれない」

万城がもたらした一報を聞き、両肩に重く圧し掛かっていたものが霧散した。

バンクーバーに残してきた両親や友人、さらに熊本の祖父母も気になるが、まずはやらないといけないことがある。

こんなに早く〝約束〟を守れるとは思わなかった。

テディは勢いよく立ちあがると、いきなり走り出した。

「どこ行くんだ？」

万城が驚いて後ろから叫ぶ。

テディは走りながら振り返ると、満面の笑みで答えた。

「急がなくちゃ。約束を守らないといけないんだ」

エピローグ

～一九四五年終戦～

テディは横浜港にいた。

空襲により壊滅的な被害を受けた横浜だったが、それでも人々の生活は続いてゆく。

ＧＨＱにより運び込まれた大量の建築物資が港に積み上げられ、かまぼこ形の兵舎が続々と建っている。

食糧事情や住宅問題は深刻だったが、人々の表情には徐々に活力が満ちてきている。どん底から力強く立ち上がろうとしていた。

テディは万城から『無罪』の報せを受けると、夜通し歩いて横浜に着いた。そして春江のもとまでやってきたのだ。

体はまだ完全に回復したわけではないが、穏やかな表情をしている。おそらくそれはかたわらに春江がいるせいだ。

バンクーバーからここに着いた時と同じように、頭上をカモメが飛び交っている。

春江は海から吹いてくる風に髪をなびかせながら、テディの顔をじっと見つめていた。

「釈放されて、本当によかった……」

しばらくの間、すっかり秋めいてきた風に吹かれたあと、春江がポツリとつぶやいた。

「ありがとう。まさかＧＨＱの偉い人が僕のことを知っていたなんてね。自分じゃあどうしようもなかったよ」

「いえ、それもこれも忠義さんが頑張ってきたおかげですよ」

春江がかたわらのテディを見上げて嬉しそうに話す。ところがその直後、笑顔がふっと消える。

「でも、私はちょっと怖いんです」

真顔で言った。

「怖い？　どうして？」

「忠義さんは、あそこから――」

春江は大桟橋を指さした。

「またカナダに帰ってしまうんでしょう？」

それを聞き、テディは静かに微笑んだあとゆっくりとかぶりを振った。

横浜はテディにとって不思議な縁のある街だ。

初めて日本にやって来た時訪れたのが、この街にある港だった。現在、日本中の注目を集めているBC級戦犯の裁判も、この横浜の裁判所で行われている。テディが戦犯と見なされていたら、あるいは今日、そこで死刑の判決を受けていたかもしれないのだ。そして今、春江と二人でここにいる。

テディはもうしばらくの間、こうして春江と二人で横浜港を見ていたいと思った。これまでの間、戦争に翻弄され通しで、こうやって落ち着いた気持ちになれたのは久しぶりだった。

隣に春江がいるだけで、何もかも満たされた気持ちになれた。だからもう、この時のテディに言葉は要らなかった。

しかし、そんなテディを春江は少し不安そうに、そしてやや不満げに見ている。テディはどうやらカナダには帰らないつもりらしい。それは春江にとってとても嬉しいことだ。だが、ただ帰らないだけでは困るのだ。もっと何か大事なことをテディの口から言ってもらいたい。それなのにテディは春江の問いにかぶりを振って答えただけで、それ以上何も喋ろうとはしない。

「忠義さん」

焦れた春江がテディに呼びかけた。

だが、それでもテディはぼんやりと港のほうを見つめている。

「忠義さんたら」

しかし、テディは返事すらしようとしない。

業を煮やした春江が顔を真っ赤にさせながら言った。

「ねえ、テディ」

思い切ってそう言うと、ようやくテディは春江の顔を見た。

そしてにっこり微笑むと、彼女の目を見つめながら口を開いた。

「春江、僕と結婚してほしい」

春江がテディを見つめ返す。

「何もかも失くしてしまった僕ら二人で、家族になろう。そして未来を作るんだ」

春江はコクリと頷くと、テディの胸に顔を埋めて微笑んだ。

＊

こうして、カナダでは野球で、日本ではラジオ放送で、白人との融和を目指したテディ古本の戦いは終わった。

テディはその後、野球好きのマーカット少将によって戦犯から外されたことが縁で、GHQやアメリカ空軍の通訳などを務める。

残念なことに、ずっと行方が分からなくなっていた古本の両親は、強制収容所で亡くなっていることが間もなく判明した。ずっと気がかりではありながら、戦後の混乱と生活に追われ、テディが春江とともにようやくカナダに帰れたのは、終戦から二十九年が経った一九七四年のことだった。

四半世紀ぶりに帰ってきた英雄を、カナダの新聞は大きく報じた。

『バンクーバー朝日の元エースピッチャーが帰国』

多くの新聞が同様の見出しで、テディの功績を讃える。強制収容所での長く苦しい毎日を生き延びたわずかなOBが、テディのために集まってくれた。

そこには北山三兄弟の末の弟・エディやトム的川、ジョー里中たち、懐かしい顔が見える。当時は溌剌としていた皆の頭は白くなり、手脚は細く心もとない。顔には辛苦が刻まれていたが、その目はパウエル球場で野球を遊んでいたときと同じように輝いていた。

ところがその場所に、テディが「兄」と慕ったミッキー北山や鏑木さん、宮本監督の姿はなかった。

テディの両親同様、彼らの行方はエディたちにすら分からないという。極寒の収容所で亡くなり、共同墓地に葬られたのだろう。

テディは慰霊碑を訪れて花をたむけ、ずっと会いに来られなかった非礼を詫びつつ、両親と友人たちの冥福を祈った。

『バンクーバー朝日』そして『テディーズ・アワー』と続いた、半世紀にわたる物語はそろそろ幕を閉じる。

最後に、テディの家族について記しておこう。

故郷バンクーバーの仲間は、戦争によってその大半が失われてしまった。

しかしテディは第二の祖国日本で、生涯の伴侶を見つける。

終戦直後、テディは春江と結婚し、翌年一人息子に恵まれたのだ。

ようやく家族の温もりを手に入れたテディは、夫として父として、後半生を懸命に働いた。なかなか休みを取ることもできない多忙な日々だったが、どんな時でも家族が最優先だった。

こんなエピソードが残っている。久々の休日に、小学生の息子をキャッチボールに誘ったときのことだ。

大きなモーションから放たれたストレートは、息子のミットに大きな音を響かせて収まった。

「父さん、凄いボールだね。野球やってたの？」

驚いた息子がボールを返しながら質問する。するとテディはニヤリと笑いながらつぶやいた。

「ほんの少しね。野球と英語は父さんの人生の宝物だ」

そう言いながら次に投げたボールは、息子の手元で鋭く曲がるカーブだった。

「ある人から教えてもらった魔球だよ」

そう言ってテディは楽しそうに笑った。


あのとき、補球したミットの下で受けた手の痛みは今でも忘れない。

父・テディ古本は日本で生涯を過ごしたあと、一九七九年に静かに息を引き取った。

今も横浜港を望む妙香寺に、母・春江とともに海風に吹かれて眠っている。

了

この物語は事実をもとにした小説であり、登場人物の一部は仮名です。

また今日の人権意識に照らして不適切と思われる表現がありますが、物語の時代背景と作品の価値を鑑み使用いたしました。差別的な意図はなく、ご理解のほどよろしくお願い申し上げます。

参考文献

『日の丸アワー　対米謀略放送物語』　池田徳眞　一九七九年　中公新書
『東京ローズ』　ドウス昌代　一九九〇年　文藝春秋
『東京ローズ　戦時謀略放送の花』　上坂冬子　一九九五年　中公文庫
『日本の放送をつくった男』　石井清司　一九九八年　毎日新聞社
『ある日系二世が見たBC級戦犯の裁判』
　大須賀・M・ウイリアム　一九九一年　草思社
『日本紀行「開戦前夜」』　フェレイラ・デ・カストロ　二〇〇六年　彩流社
『絶対の宣伝』　草森紳一　番町書房
『東京少年』　小林信彦　二〇〇五年　新潮社
『日本橋バビロン』　小林信彦　二〇〇七年　文藝春秋
『二つのホームベース』　佐山和夫　一九九五年　河出書房新社
『原爆と検閲』　繁沢敦子　二〇一〇年　中公新書
『石をもて追わるるごとく』　新保満　一九九六年　御茶の水書房
『天皇と東大』　立花隆　二〇〇五年　文藝春秋
『化城の昭和史』　寺内大吉　一九八八年　毎日新聞社

『夢声戦争日記』　徳川夢声　一九七七年　中公文庫
『ある科学者の戦中日記』　富塚清　一九七六年　中公新書
『昭和史』　中村隆英　二〇一二年　東洋経済新報社
『もうひとつの太平洋戦争』　並河亮　一九八四年　ＰＨＰ研究所
『密航船水安丸』　新田次郎　一九七九年　講談社文庫
『「放送文化」誌にみる昭和放送史』
　日本放送出版協会編　一九九〇年　日本放送出版協会
『ヒロシマ増補版』　ジョン・ハーシー　二〇一四年　法政大学出版局
『幻の甲子園　昭和十七年の夏』　早坂隆　二〇一〇年　文藝春秋
『そして、メディアは日本を戦争に導いた』
　半藤一利、保阪正康　東洋経済新報社　二〇一三年
『「挫折」の昭和史』　山口昌男　二〇〇五年　岩波現代文庫
『二つの祖国』　山崎豊子　新潮文庫
『横浜大桟橋物語』　客船とみなと遺産の会編　二〇〇四年　ＪＴＢパブリッシング
『東京の戦争』　吉村昭　二〇〇五年　ちくま文庫
『古川ロッパ昭和日記戦前篇』　古川ロッパ　一九八七年　晶文社
『古地図・現代図で歩く昭和東京散歩』　人文社編集部編　二〇〇三年　人文社
『昭和二万日の全記録』　原田勝正　講談社

文芸社文庫

テディーズ・アワー

戦時下海外放送の真実

二〇一四年十二月十五日　初版第一刷発行

著　者　テッド・Y・フルモト
発行者　瓜谷綱延
発行所　株式会社　文芸社
〒一六〇－〇〇二二
東京都新宿区新宿一－一〇－一
電話　〇三－五三六九－三〇六〇（編集）
〇三－五三六九－二二九九（販売）
印刷所　図書印刷株式会社
装幀者　三村　淳

ISBN978-4-286-15440-4